JN310619

Jean Genet

Quatre heures à Chatila

ジャン・ジュネ

鵜飼哲／梅木達郎＝訳

シャティーラの四時間

インスクリプト

INSCRIPT Inc.

シャティーラの四時間

Jean Genet :
« Quatre heures à Chatila »
« Entretien avec Rüdiger Wischenbart et Layla Shahid Barrada »
in *L'ennemi déclaré—textes et entretiens* (*Œuvres complètes*, vi)
© Editions Gallimard, Paris, 1991
This book is published in Japan by arrangement with Editions Gallimard
through le Bureau des Copyrights Français, Tokyo.

目次

[編集付記]

「シャティーラの四時間」は『インパクション』五一号(インパクト出版会、一九八八年二月)に鵜飼哲訳が、また「ジャン・ジュネとの対話」は「インタヴュー一九八三」の訳題で『GS』5 1/2号「ジュネ・スペシャル」(UPU、一九八七年六月)に梅木達郎訳が、いずれも『パレスチナ研究誌』からの訳出で掲載されている。本書に収録した翻訳は、ジュネの没後にアルベール・ディシィによってジュネ全集第六巻として編まれたJean Genet, *L'ennemi déclaré*, Gallimard, 1991を底本としており、それぞれのテクストに添えられた「解題」および「編注」はディシィによるものである(ただし本書では一部の注は割愛した)。なお、同書『公然たる敵』は日本語訳の刊行が月曜社から予定されている。

「シャティーラの四時間」末尾の「訳者あとがき」は前出『インパクション』に掲載されたものの再録である。また「〈ユートピア〉としてのパレスチナ」は『抵抗への招待』(みすず書房、一九九七年)に収載された一九八九年発表のテクストの再録である。転載にあたって、表記、引用の訳文、文献書誌などを一部あらためた。「生きているテクスト」は本書のための書き下ろしである。巻末には関連資料を添えた。

本書への収録を許諾いただいたインパクト出版会、みすず書房、月曜社、および梅木瑞恵氏に謝意を表する。

(二〇一〇年六月、インスクリプト)

シャティーラの四時間

ジャン・ジュネ

鵜飼哲訳

このテクストは、一九八二年の九月から十月にかけて、ベイルートおよびパリで、『パレスチナ研究誌』のために書かれた。手稿にあった書き込みを注［編注］で補っている。

「シャティーラで、サブラで、非ユダヤ人が非ユダヤ人を虐殺したからといってわれわれに何のかかわりがあろう」(1)

メナヘム・ベギン(国会《クネセット》で)

誰も、何も、いかなる物語のテクニックも、フェダイーンがヨルダンのジャラシュとアジュルーン山中で過ごした六カ月(2)が、わけても最初の数週間がどのようなものだったか語ることはないだろう。数々の出来事を報告書にまとめること、年表を作成しPLOの成功と誤りを数え上げること、そういうことならした人々がある。季節の空気、空の、土の、樹々の色、それも語れぬわけではないだろう。だが、あの軽やかな酩酊、埃の上をゆく足取り、眼の輝き、フェダイーンどうしの間ばかりでなく彼らと上官の間にさえ存在した関係の透明さを、感じさせることなど決してできはしないだろう。すべてが、皆が、樹々の下でうち震え、笑いさざめき、皆にとってこんなにも新しい生に驚嘆し、そしてこの震えのなかに、奇妙にもじっと動かぬ何ものかが、様子を窺いつつ、保留され、庇護されていた、何も言わずに祈り続ける人のように。すべてが全員のものだった。誰もが自分のなかでは一人だった。いや、違ったかも知れない。要するに、にこやかで凶暴だった。政治的選択によって彼らが撤退していたヨルダンのこの地方はシリア国境からサルトへと縦長に伸び広がり、ヨルダン川と、ジャラシュからイルビトへ向かう街道とが境界をなしていた。この長い縦軸が約六十キロ、奥行きは二十キロほどの大変山がちな地方で、緑の小楢《こなら》が生い茂り、ヨルダンの小村が点在し、耕地はかなり貧弱だった。茂みの下、迷彩色のテントの下に、フェダイーンはあらかじめ戦闘員の小単位と軽火器、重火器を配備していた。いざ配置に着き、ヨルダン側の動きを読んで砲口の向きを定めると、若い兵士は武器の手入れに入った。分解して掃除をし油を塗り、また全速力で組み立て直していた。夜でも同じことができるように、目隠しをしたまま武器を分解し組み立て直す離れ業をやってのける者もあった。一人一人の兵士と彼の武器の間には、恋のような、魔法のような関係が成立していた。少年期を過ぎて間もないフェダイーンには、武器としての銃が勝ち誇った男らしさのしるしであり、存在しているという確信をもたらしていた。攻撃性は消えていた。微笑が歯をのぞかせていた。(3)

ほかの時間にはフェダイーンは、お茶を飲んだり、上官を、またパレスチナやよその金持ちを批判したり、イスラエルをののしったりしていたが、とりわけ革命のことを、自分たちが遂行している革命、これから取りかかろうとしている革命のことを語り合っていた。

私にとって、新聞記事の見出しであれ本文中であれビラのなかであれ、「パレスチナ人」という語を目にするたびにたちまち心に浮かぶのはフェダイーンの姿だ。それもある特定の場所――ヨルダン――、容易に年月が確定できる時期――七〇年十月、十一月、十二月、一九七一年一月、二月、三月、四月――のフェダイーンだ。この時期この場所で私はパレスチナ革命を知った。起こっている事柄の並はずれた明証性、あの存在の幸福が持つ力はまた美とも呼ばれる〔1〕。

十年が過ぎ、フェダイーンがレバノンにいることを除けば、私は彼らの現状を何も知らずにいた。ヨーロッパの新聞はパレスチナ人民のことをあれこれ言ってはいた。だがぞんざいに。軽侮さえ含んで。そして突然、西ベイルート(4)。

*

写真は二次元だ、テレビの画面もそうだ、どちらも端々まで歩み通すわけにはいかない。通りの壁の両側の間に、弓型にねじ曲がったもの、踏んばったもの、壁の一方を足で押しつけもう一方には頭をもたれた黒くふくれた死体たち。私が跨いでゆかねばならなかった死体はすべてパレスチナ人とレバノン人だった。私にとって、また生き残った住民たちにとって、シャティーラとサブラ(5)の通行は馬跳びのようになってしまった。死んだ子供が一人で、時にはいくつもの通りを封鎖できた。道は非常に狭く、ほとんどか細いといってもよく、そして死体はあまりにも多かった。その臭いは年寄りには親しみやすいものらしい。それは私を不快にしなかった。だが、何という蝿の群。死体の顔の上に置かれていたハンカチかアラビア語の新聞を持ち上げるだけで、私は蝿の邪魔をしてしまった。この仕草に激昂した蝿たち[2]は、大群をなしてやって来て私の手の甲に止まった。そしてそこからも栄養を貪ろうとするのだった。最初に見た死体は五十歳か六十歳位の男だった。傷口（斧でやられたようだった）が頭蓋を開いていなければ、冠のような白髪がこの頭を飾っていただろう。黒ずんだ脳の一部が地面に、頭の脇にこぼれていた。全身が凝結した黒い血の沼に横たわっていた。ベルトは締まっていなかった。ズボンはただ一つのボタンで止まっていた。死者の足も脚部もむき出しで、黒、紫、モーヴ色をしていた。おそらくは夜中、あるいは明け方に寝込みを襲われたものか。逃げる途中だったのか。死体が横たわっていたのはシャティーラ・キャンプの入口のすぐ右にある小さな路地で、この入口はクウェート大使館の真向かいだ。してみるとシャティーラの虐殺は、つぶやきのなか、もしくはまったき沈黙のうちになされたのでもあろうか。なにしろ水曜の午後以降この建物を占拠していたイスラエル人たちは、兵士も将校も口をそろえて、何も聞こえなかった、何も気づかなかったと言い張っているのだ。

蠅も、白く濃厚な死の臭気も、写真には捉えられない。一つの死体から他の死体に移るには死体を飛び越えてゆくほかはないが、このことも写真は語らない。

一人の死者を注意深く眺めていると奇妙な現象が生じる。体に生命がないことが、体そのものの完全な不在と等しくなる。というよりも、体がどんどん後ずさっていくのだ。近づいたつもりなのにどうしても触れない。これは死体をただ見つめている場合のことだ。ところが、死体の側に身をかがめるなり、腕か指を動かすなり、死体に向けてちょっとした身ぶりを示すと、途端にそれは非常な存在感を帯び、ほとんど友のように打ち解ける。

愛《アムール》と死《モール》。この二つの言葉はそのどちらかが書きつけられるとたちまちつながってしまう。シャティーラに行って、私ははじめて、愛の猥褻と死の猥褻を思い知った。愛する体も死んだ体ももはや何も隠そうとしない。さまざまな体位、身のよじれ、仕草、合図、沈黙までがいずれの世界のものでもある。三十歳から三十五歳位の男の体が腹ばいに横たわっていた。体全体が実は一個の膀胱で、それがただ人間の形をしているとでもいうように、日射しの下、腐敗の化学作用でふくれ上がり、ズボンは張り切って尻や太股がはち切れんばかりだった。顔はちょっとしか見えなかったが、その色は紫、そして黒だった。膝の少し上で、畳まれた太股が引き裂かれた布地の下に傷をのぞかせていた。傷の原因は銃剣、ナイフ、短刀か。傷の上、またその回りの蝿の群。西瓜《すいか》──黒西瓜《くろすいか》──よりも大きい頭。男の名を訊ねてみた。イスラーム教徒だった。

「何人ですか」

「パレスチナ人です」、四十がらみの男がフランス語で答えた。「連中が何をやったか見て下さい」

足と脚の一部を覆っていた布を男は引き去った。ふくらはぎはむき出しで黒くふくれていた。黒い半靴をはいていたが紐は結ばれていなかった。そして両足首が、三メートルほどの長さの丈夫な――見た目にも丈夫なことの分かる――縄で、それも非常にきつく縛られていた。S夫人[6]（アメリカ人）が正確に撮影できるように、この縄を私は地面に配置した。四十がらみのあの男に、死者の顔を見てもいいかと訊ねた。

「どうなりと。でも一人で見て下さい」

「頭をひっくり返すのに手を借してもらえませんか」

「いやです」

「街中ひきずり回したのでしょうか、この縄で」

「さあ、分かりかねます」

「どこの連中が縛ったんです」

「存じません」

「ハッダード少佐[7]の手の者でしょうか」

「どうでしょう」

「イスラエル人」

「さあ」

「カターイブ[8]」

「さあ」

「お知り合いでしたか」

「はい」

「死ぬところを見ましたか」

「はい」

「誰が殺したんです」

「知りません」

男は死者と私から足速に離れていった。遠くからこちらを眺めやり、ついと横道に姿を消した。

さて今度はどの裏通りに向かったものか。五十代の男たち、二十代の若者たち、二人のアラブの老女。四方八方から袖を引かれて私は困り果てていた。そして、放射状の回転半径が何百という死者を包み込んでいる羅針儀《ローズ・デ・ヴァン》の中心にいるような気がした。

なぜ物語のこの場所でなければならないのか判然としない。だがこのことは今書きとめておこう。「フランス人は何かにつけて「汚れ仕事《サル・ブーロ》」という言い方をする。味気ない表現だが、イスラエル軍がカターイブあるいはハッダード軍に命じ、同様に労働党がリクード[9]、即ちベギン、シャロン、シャミール[10]にやらせたものこそ、まさにこの「汚れ仕事」だった」。引用はパレスチナ人ジャーナリストRの言葉から。九月十九日日曜日、彼は依然ベイルートにいた。

拷問されたすべての犠牲者のただなかで、その傍らで、こんな「不可視のヴィジョン」が心に取り憑いて離れない。拷問者はどのような人間だったのか。何者だったのか。私には見える、この目に見えない拷問者が。目に飛びこむほどに鮮明なその姿は、だが、日射しの下で、雲のように群がる蝿の猛攻を受けている死者たちの、グロテスクな姿態、姿勢、仕草が描く形以外のいかなる形も決して取りはしないだろう。

アメリカ海兵隊、フランス人パラシュート部隊、イタリア人狙撃兵。レバノンで兵力引き離し勢力を形成していた彼ら（イタリア人など二日も遅れて船でやって来たあげく、空母ヘラクレス[11]で逃げ去ったのだ！）が、公式の出発予定を一日ないし三十六時間も繰り上げて、まるで逃げるように、それもバシール・ジュマイエル[12]暗殺の前日に、あんなにあたふたと出発した以上、パレスチナ人が抱いたあの疑惑、アメリカ人、フランス人、イタリア人は、カターイブ本部の爆破に関与したと見られたくなければ全速力で立ち退くよう警告を受けたのではないかという疑惑は、やはり当たっていたのではなかろうか。

「あんなに急いであんなに早く出ていかれては疑いたくもなる。イスラエルは日頃から自画自讃している。戦闘時の効率のよさ、戦闘準備、状況に乗じる、そうした状況を作り出す手際のよさを誇っているじゃないか。振り返ってみよう。ＰＬＯがギリシャの船に乗りこみ護衛艦に守られて栄光のうちにベイルートを離れる。バシールはバシールで、なるべく身を隠しつつイスラエルにベギンを訪問する。三国（米・仏・

伊）軍の介入が終結したのは月曜だ。火曜、バシールが暗殺される。水曜の朝にはツァハル(13)が西ベイルートに進駐する。バシールの埋葬の朝、港から来たみたいにイスラエルの兵隊はベイルートに向かって道を登っていた。ぼくは家の八階から双眼鏡で眺めていたんだが、奴らは一列縦隊でやってきた。完全に一列で。驚いたことにほかには何も起こらない。照準器付きの性能のいい銃一丁で一人残らず倒せたはずなのに。奴らの残忍さが先頭に立っていた。

奴らの後ろには戦車隊。次にジープ。

長すぎた朝の行軍に疲弊して奴らはフランス大使館の近くで立ち止まった。戦車を先に行かせてずんずんハムラー通り(14)に入ってきた。兵士たちは縦横十メートルの方形になって舗道に座り込み、銃を前に突き立てて大使館の壁に背中をもたれた。上半身がかなり大きかったので二本足を前に伸ばした大蛇《ボア》みたいだった」

「イスラエルはアメリカ特使ハビブの前で、西ベイルートには踏み込まない、特にパレスチナ・キャンプの民間人は尊重すると確約していた。アラファトは今でも、レーガンが同じ内容の約束をした手紙を持っている。ハビブはアラファトに、イスラエルにいる九千人の獄中者の釈放も約束したらしい。木曜、シャティーラとサブラの虐殺が始まる。キャンプに秩序をもたらすことで回避できるとイスラエルが言っていた「血の海」が！……」。これはあるレバノン人作家が話してくれたことだ。

「イスラエルにとっては糾弾の嵐を切り抜けることなど容易だろう。早くもヨーロッパ中のジャーナリストがイスラエルの潔白を証明せんものとやっきになっている。木曜から金曜、金曜から土曜にかけての夜、シャティーラでヘブライ語が話されていたことなど誰も語るまい」。別のレバノン人はこう言った。

　パレスチナの女――シャティーラから出るには死体から死体へと進むほかはなく、この双六ゲームはどうやらこの奇蹟に突き当たる宿命だったらしい。このとても平らな墓地の上に一切を再建せんがため、不動（産業）《インモビリエ》者は戦争をしかけてシャティーラとサブラを取り壊した――このパレスチナの女は年配だったとみえ髪は灰色だった。わざわざここに棄てられたのか放置されたのか、女が仰向けに倒れていたのは、建築用石材、レンガ、ひん曲がった鉄棒の上だった。安置どころではなかった。まず驚いたのは、綱と布で出来た奇妙な縒総《よりふさ》が手首をつないでいて、両腕が水平に保たれていたことだ、十字架につけられたように。黒くふくれた顔は天を仰ぎ、蠅でまっ黒な開いた口を見せていた。歯がとても白くみえ、その顔は、筋肉一つ動くわけもないままに、しかめっ面をしたり、ほほえんだり、絶えざる無言のわめき声を上げているかのようだった。ストッキングは黒のウールで、ワンピースはバラ色とグレーの花柄、わずかにめくれているためか短すぎるのか、黒くふくれたふくらはぎの上部がのぞいていた。ここでもまたデリケートなモーヴ色が伴なっていて、頬のモーヴ色とそれに近い紫とがこの色調に応えていた。あれは内出血だったのか。それとも、日射しの下で腐敗して、自然にこんな色になったのだろうか。

「銃床で殴打されたのでしょうか」

「ご覧なさい。ほら、この人の手をご覧なさい」

私は気づいていなかった。両手の指が扇状に開かれ、そして十本とも植木鋏のようなものでたち切られていた。小僧っ子のように笑いこけ、上機嫌で放歌高吟する兵隊たちが、見つけた鋏を面白おかしく使ってみたのだろう。

「ご覧なさい、ほら」

指の先端、爪節《ファランジェット》が、爪と一緒に埃のなかにあった。若者は死者たちの受けた責苦をごく自然に、まったく淡々と示すと、静かにこのパレスチナの女の顔と手に布をかけ直し、脚にはごわごわしたボール紙を被せた。私はもう、その上を蝿たちが舞っているバラ色とグレーの布のかたまりしか見分けられなかった。[15]

三人の若者が私を小さな路地に連れていった。

「どうぞ入ってごらんなさい。ぼくたちは外で待っています」

最初の部屋はもともとは三階建てだった家の名残りだった。この部屋のなかなか静穏な、人待ち顔にさえみえるたたずまい、それは残骸から、破壊された壁のなかにあったまだ使えるラバーから幸福を作り出す試みが、おそらくは成功だったことを物語っていた。初め三脚の肱掛椅子だと思ったものは実は車（多分メルセデスの廃車）の三つのシートで、長椅子には派手な色の、様式化されたデッサンの花柄布を裁ってこしらえたクッションが置かれ、無言の小型ラジオや灯の消えた枝付き燭台まであった。なかなか静穏なたたずまい、薬莢の絨緞まで敷かれていた……。風が通ったかのように扉が音をたてた。私は薬莢の上を前進して扉を押した。扉はもう一つの部屋の方に開いたが、更に強く押さなければ通れなかった。ひっかかっていたのは胴付短靴のかかと、そこに仰向けに倒れていた死体のかかとだった。その横にはほかに二体、腹ばいの男の死骸があり、やはり皆銅色の薬莢の絨緞に横たわっていた。この薬莢のために、私は何度も転びそうになった。

この部屋の奥にはまた別の扉が、鍵もなく、掛金もなく開いていた。深淵を越えるように、私は死者たちを跨いでいった。この部屋では四人の男の死骸がたった一つのベッドに積み上げられ、まるで一人一人が自分の下にいる者を庇おうと気遣うかのように、あるいは腐敗の過程でエロチックな盛りがついたかのように折り重なっていた。この楯の堆積は強烈に臭ったが、それはいやな臭いではなかった。思うに死臭と蠅が私に馴れたのだ。この廃墟の、この静寂の何ものも、もはや私が乱すことはなかった。「木曜から金曜にかけての夜、金曜から土曜、そして土曜から日曜にかけての夜もずっと、誰も彼らの通夜をしなかったのだ」と私は考えた。

にもかかわらず、私より前に何者かが、この死者たちの側を、それも彼らの死後に通ったように思われた。三人の若者はこの家からかなり離れたところで、鼻孔にハンカチを当てて待っていた。

その時だった。家から出ようとする私を、突然の、ほとんど頬を弛ませるような軽い狂気の発作が襲った。私は心につぶやいた。柩用の板も指物師も絶対に足りなかろう。それに柩なんかどうだっていい。死者は男女とも皆イスラーム教徒なのだから屍衣に縫い込まれることになる。これだけの数の死者を埋葬するには、一体何メートルの布地が要るだろう。そしてどれほどの祈りが。そうだったのだ、この場に欠けていたのは祈禱の朗唱だったのだ。

「来て下さい。さ、早く」

今こそ書かねばなるまい、白布のメートル数を計算するなどというこの突然の、本当に束の間の狂気のおかげで、私の足取りはほとんど軽快なまでに活気づいたこと、またこの狂気の原因が、前日耳にしたパレスチナ人の女友だちの次のような考察にあるらしいということを。

「鍵（何の鍵だったろう。彼女の車、でなければ彼女の家の鍵――この鍵《クレ》という単語＝キー・ワード以外はもう分からない）を持って来てくれるのを待っていたの。老人が一人駆け抜けていった。――どこへ行くの――応援を求めに行くのさ。わしは墓掘人夫だ。奴らが墓地を爆撃した。死人の骨が全部散らばっちまった。骨を拾い集めるのを手伝ってもらわにゃならん」

この友人はキリスト教徒だったと思う。ほかにこんな話も聞いた。

「真空爆弾――いわゆる内向性爆弾[3]――で二百五十人殺された時は箱一個しかなかったの。ギリシャ正教会の墓地に男たちが共同の穴を掘って、箱が一杯になると穴のところまで空けに行ったのよ。死体や手足をできるだけ引っ張り出しては爆弾の雨のなかを行ったり来たりしたわ」

三カ月来、手が二重の機能を持っていた。昼間はつかみ、さわる。夜は見る。停電のためこの盲人教育が、また白大理石の絶壁即ち八階分の階段を、一日二度ないし三度よじ登ることが義務となっていた。家にあるあらゆる容器に水を満たしておかねばならなかった。電話もまた、イスラエル兵が、そして彼らとともにヘブライ語の掲示が西ベイルートに入った時切断された。ベイルート周辺で道路もまた。メルカヴァ戦車(16)は絶えず動き回り、全市を監視していることを示威していた。だが同時に、占領者は戦車が固定した標的となるのを恐れて動き回っているのだということも人々は見抜いていた。イスラエル兵が、ムラービトゥーン[4]や西ベイルートの各地区に残ることのできたフェダイーンの動きを極度に恐れていたことは間違いない。

イスラエル軍進駐の翌日私たちは袋のネズミだった。それなのに、侵略者は恐れられる以上に軽蔑されているようだった。恐怖というよりも嫌悪の対象だった。兵士は誰一人、笑いもしなければほほえみもしなかった。さすがにここベイルートでは、米

も花も投げてはもらえなかった。(17)[5]

道路が切断され、電話が鳴らなくなり、世界の他の部分との通信を奪われて以来、生まれて初めて私は、自分はパレスチナ人になりつつある、イスラエルを憎んでいると感じていた。

ベイルート・ダマス間道路の側のスポーツ・シティ、空からの絨緞爆撃でほぼ破壊され尽した競技場で、レバノン人がイスラエル人将校に武器の山を引き渡していたが、その武器は全部、故意に損傷されていたらしい。

私が宿泊していたアパルトマンでは誰もが自分専用のラジオを持っていた。聴いていたのはラジオ・カターイブ、ラジオ・ムラービトゥーン、ラジオ・アンマン、ラジオ・エルサレム（フランス語放送）、ラジオ・レバノン。どのアパルトマンでも同じことをしていただろう。

「おれたちは本当にイスラエルと縁が深くて、たくさんの流れが向こうから、爆弾、戦車、兵士、果物、野菜を送りつけては、見かえりに、おれたちの兵士、おれたちの子供をパレスチナに運び去る……この往復運動はもうどうにも止まらない。奴らの言い分じゃなにしろアブラハム以来のご縁だからね。おれたちもアブラハムの子孫だしアブラハムの言葉を話してる、つまり同じ発祥ってわけだ」[6]。パレスチナ人のフェダイーは言葉を継いだ、「奴らが侵略してくるのは、要するに、おれたちにむりやり飯を食わせて息が詰まったところを抱き締めようって肚なのさ。連中は自分のことをおれたちのいとこだって言っている。そのおれたちにそっぽ向かれちゃそりゃ悲しかろう。自分に腹が立って仕方がないからおれたちに八ツ当たりしてるのさ」

＊

革命家には固有の美しさがあると言い切ろうとすると少なからぬ難問がたち現れる。知られている――想定されている――ように、古風で厳格な環境に生きる年少の子供や青年には、フェダイーンの美にかなり近しい顔、体、身ごなし、眼差しの美しさがある。こんな風に言えばあるいは説明がつくかも知れない。ある真新しい自由が、古臭い秩序を打ち破り、死んだ皮膚を貫いて道を切り拓く。そして父も祖父もなかなか消し止められないのだ、この眼の輝き、こめかみのヴォルテージ、静脈に脈打つ血の快活を。

一九七一年春のパレスチナ基地で、この美しさは、フェダイーンの自由に活気づいた森のなかで微妙にぼやけたものになっていた。キャンプにはまた違った、もう少し押し殺したような美しさが、女と子供の支配によって定着していた。戦闘基地からやって来る光のようなものをキャンプは受け取っていた。そして女たちはと言えば、その燦きは、長く複雑な討論を経なければ説明がつかない類のものだった。男たちよりも、戦闘中のフェダイーンよりも、パレスチナの女たちはさらに、抵抗運動《レジスタンス》を支え、革命が生んだ新しさの数々を受け入れるだけの強さを備えているように思われた。女たちはすでに慣習に叛いていた。男の視線に耐えるまっ直ぐな眼差し、ヴェールの拒否、人目にさらした、時にはすっかり露わな髪、つぶれたところのない声。ほんのささやかな、まったくありふれた身ごなし一つでも、ある新たな、ということは彼女たちの知らない秩序へと向かうきわめて確かな断片でないものはなく、そこに女たちは、自分たちのためには沐浴のような解放を、男たちのためには光輝く誇らしさを予感していた。英雄の妻にして母となる用意ができていたのだ、夫に対してすでにそうだったように。

アジュルーンの森で、フェダイーンはきっと娘のことを考えていたのだろう。というよりも、ぴったりと身を寄せる娘の姿を、一人一人が自分の上に描き出し、あるいは自分の仕草で象《かたど》っていたようだ。だからこそ武装したフェダイーンはあんなにも優美であんなにも力強く、そしてあんなにも嬉々としてはしゃいでいたのだ。私たちは革命の前段階《プレ・レヴォリュシオン》のとば口にいたばかりではない、漠とした官能のなかにいた。霧氷の如きものが身ぶりの一つ一つを強ばらせ、それに甘美な面趣を与えていた。

くる日もくる日もひと月のあいだ毎日、これもまたアジュルーンで、痩せぎすだが強靭な一人の女が寒気のなかにしゃがみ込んでいるのを、それもアンデスのインディオ、一部のブラック・アフリカン、東京の不可触民《アントゥッシャブル》、市場のジプシーのように、危険が迫ると直ぐさま木蔭に逃げ込める、突然のスタートが切れる体勢で、衛兵所——堅材造りの小さな掘っ建て小屋——の前にしゃがんでいるのを私は見た。裾と袖の縁に飾り紐の付いた黒服のなかで、女は裸足で待っていた。厳しい表情だったが角はなく、疲れてはいても気は張っているようだった。コマンドの責任者はほとんど何もない一室を整えると合図をよこした。女は部屋に入ると扉を閉めたが鍵はかけなかった。しばらくして出てくると、一言も喋らずにこりともせずに、裸足のままひたすらまっ直ぐ、ジャラシュへ、そしてバカー・キャンプへと帰っていった。衛兵所の自分用の部屋で、この女は黒い両裾を持ち上げ、そこに縫い付けてあった封筒と手紙を全部外し、一包みにまとめてから軽く扉を叩いていたことを私は知った。手紙類を責任者に手渡して出てくると女は去っていった、ついに一度も口を開かずに。翌日には彼女はまた来ていた。

また別の女たち、今の女よりも年上の女たちは、かまどがたった三個の黒ずんだ石なのがおかしくて笑っていた。ジャバル・フセイン（アンマン）で、女たちは笑いながら、このかまどを「私らの家」と呼んでいた。何という子供らしい声で、にこやかに「ダールナ」[7]と言って、三つの石を、時には火の付いた熾《おき》を見せてくれたことだろう。この年老いた女たちはパレスチナの革命にも抵抗運動にも属していなかった。この女たちはもう希望することを止めた陽気さだった[18]。その頭上を太陽は弧を描き続けていた。腕か指を伸ばすと、つねにいっそう細っそりした影が得られた。だがどこの土地の上にだろう。ヨルダン。これがフランス、イギリス、トルコ、アメリカが決めた行政・政治上のフィクションの行きついた先だった……。「もう希望することを止めた陽気さ」、最も深い絶望のゆえに、それは最高の喜びにあふれていた。この女たちの目は今も見ているのだ、十六の時にはもう存在していなかったパレスチナを。とはいえこの女たちにも、結局のところ一つの大地《ソル》はあった。その下にでも上にでもなく、そこではちょっと動いても間違いになるような不安な空間のなかに女たちはいた。この上なく優雅な、八十過ぎのこの悲劇女優たちの、裸足の足の下の地面は堅固だっただろうか。次第にそうは言えなくなっていた。イスラエルの脅威の下をヘブロンから逃れてきた時にはこの地面はしっかりしているように思え、誰もが身軽になり、アラビア語のなかを官能的に動き回ったものだ。時が経つにつれてこの地面は感じるようになったらしい、元は農民だったパレスチナ人が動きというものを、歩き方、走り方、トランプのようにほとんど毎日配り直されるさまざまな思想のゲーム、武器の組み立て・分解・使用法を発見していくと同時に、パレスチナ人は次第に支えにくく、耐え難くなるということを。女たちは一人ずつ、かわるがわる発言する。彼女たちは笑っている。その一人の発言から一言報告しよう。

「英雄だと！　冗談じゃない。私がこしらえて尻ひっぱたいてやったのが山《ジャバル》に五、六人はおる。私さ、連中の尻拭いてやったのは。あの子らがどれほどのものかはよう分かっとる。それにあんなものならまだ作れるわ」

相変らず青い空を太陽はその曲線をたどり終えた。だがまだ暑い。この悲劇女優たちは記憶を探りつつ想像をめぐらす。表現力を増すために総合文《ペリオド》の終わりに人差し指を突き立て、強調子音にアクセントを置く。ヨルダンの兵士が通りかかったら踊り上がることだろう、この文のリズムにベドウィンの舞踏のリズムを聞きとって。問答無用で、イスラエルの兵士なら、この女神たちを見るなり、頭蓋めがけて機銃掃射を浴びせるだろう。

*

ここ、シャティーラの廃墟にはもう何もない。年老いた女たちは口をきかず、白雑布を打ちつけた戸の影にすぐ姿を消してしまう。とても若いフェダイーン、私はその何人かにダマスで出会うことになろう。

一つの共同体を特権的に選び取ること、この民族への帰属如何は生まれで決まるものなのに、にもかかわらず誕生以外の仕方で選び取ること、このような選択は、推論によるのではない同意の祝福の賜物だ。そこに正義の働く余地がないのではなく、この正義を実現し、この共同体を徹頭徹尾擁護せしめるものこそ、感情的、おそらくは感覚的、官能的といってもいいような魅力の、召命の力なのだ。私はフランス人だ。けれども全面的に、判断抜きにパレスチナ人を擁護する。道理は彼らの側にある、私が愛しているのだから。だが不正のためにこの人々が浮浪の民にならなかったとしたら、この人々を私は愛していただろうか。

ベイルートの建物、いまもって西ベイルートと呼ばれている地区で、建物はほとんど一つ残らず被害を受けていた。損壊の仕方はさまざまだった。巨大な、無感動な、食い意地の張ったキング・コングが指で押し潰したミルフイユのようなもの。上の三、四階が非常にエレガントな襞に沿ってえもいわれぬ風情で傾き、建築のレバノン・ドレープとでもいうべきものになってしまったものなど。一つの面が無瑕の場合は裏に回ってみよう。他の面は皆銃撃を受けているはずだ。四面とも亀裂が見当たらない場合は、飛行機がまんなかに落とした爆弾が、階井《かいせい》だったもの、エレベーターだったものを竪穴と化しているだろう。

イスラエル人到来後、西ベイルートでSに聞いた話。「すっかり夜になっていたから七時位だったはずだ。突然鉄をガンガン叩くものすごい音がした。全員、妹も義弟もぼくもバルコニーに駆け寄った。ひどく暗い夜だった。そしてときどき百メートル足らずのところで稲光のようなものが走った。君も知っているように家のほぼ向かいにはイスラエルの司令部の類がある。戦車四台、兵士と将校が占領している家屋。それと歩哨。まっ暗だった。鉄を叩く音は近づいて来た。稲光、実は数本の懐中電灯も。大体十二、三歳位の少年が四、五十人、石油缶を石かハンマーか何かで調子を合わせて叩いていたんだ。とても強くリズムを刻んで少年たちは叫んでいた。「ラー・イラーハ・イッラッラー、ラー・カターイブ・ワラー・ヤフード」（神よりほかに神はなし、出ていけカターイブ、出ていけユダヤ人）」

Hが私に言う。「君が一九二八年にベイルートとダマスに来た時(19)、ダマスは破壊された後だった。ダマスを砲撃し掃蕩したのはグーロー将軍とその連隊で、砲兵はモロッコ人とチュニジア人だった。シリアの住民は誰を非難していたかね[8]」

私。「ダマスで虐殺を行ない町を瓦礫にしたことで、シリア人はフランス人を非難していたね」

彼。「それではわれわれもサブラとシャティーラの虐殺に関してイスラエルを非難しよう。現地雇いの補充兵にすぎないカターイブの肩にだけこの罪を負わせるわけにはいかない。カターイブの二中隊をキャンプに入れ、奴らに命令を下し、三日三晩激励し続け飲食物を与えたイスラエル、夜のキャンプを照明したイスラエルは有罪なのだ」

もう一度H。彼は歴史の教師だ。「一九一七年、その昔アブラハムに下されたお告げが復刻される。あるいは、そう言った方がよければ、そもそも神の方がバルフォア卿の予示だったわけだ[9]。神はアブラハムとその子孫に蜜と乳の流れる地を約束し給うた——そうユダヤ人は言ってきたし今だにそう言っている。だけど当時この地はユダヤ人の神の地所だったわけじゃなくて（この辺の土地には神々が満ちみちていた）、カナン人が住んでいたんだ。カナン人にもまた自分たちの神々がいて、ヨシュアの軍勢と闘って、それがなかったらユダヤ人の勝利はあり得なかったはずの、かの有名な契約の櫃を奪取するところまでいった。イギリスにしたって一九一七年にはまだパレスチナ（この蜜と乳の流れる地）を領有してはいなかった。イギリスに信託統治を認める条約が調印されたのはその後だったのだから[20]」

「ベギンは自分は当時すでに国に来ていたと言っているけど……」

「そりゃ映画のタイトルだよ。『かくも長き不在[21]』ってやつさ。あのポーランド人[22]、あれがソロモン王の相続人にみえるかい」

キャンプでは二十年の流謫ののちも、難民は自分たちのパレスチナを夢見ていた。それをイスラエルがすっかり荒廃させてしまったこと、大麦の畑に銀行が、葡萄の匍《ほ》匐茎《ふくけい》に発電所が取って代わったことを、誰も、知ろうとも言おうともしなかった。

「畑の柵を取り替えるとするか」

「無花果《いちぢく》のところの壁をやり直さんとな」

「鍋が全部錆ちまったに違いない。布やすりを買わにゃあ」

「馬小屋にも電気を引いたらどうだろう」

「いやいや、手縫い刺繍のドレスの時代はお終いだ。縫製用と刺繍用のミシンなら喜んでいただくがね」

キャンプの年配の人々は悲惨だ。パレスチナでも貧しいことに変わりはなかったかも知れない。だがそこには、ノスタルジーが魔術的に作用していた。この人々は、キャンプの不幸な魅惑の虜でい続けるおそれがある。パレスチナ人のこの部分が、後ろ髪を引かれながらでもキャンプを離れようとするかどうか定かではない。赤貧が過去追慕的《パセイスト》であるというのはこの意味でなのだ。この赤貧を経験した者は、悲哀を覚えると同時に、極度の、孤独な、伝達不可能な喜びをも知ってしまう。石だらけの斜面にへばりついたヨルダンのキャンプは赤裸だった。だがその周辺には、さらに荒涼とした裸形の貧窮があった。バラック、穴の開いたテント、そこには光輝く矜持を備えた家族たちが住んでいた。目に見えるほどの悲惨に人間は固執し得ること、それをもって誇りとし得るということを否定するのは、人間的心情の何ごとも理解しないことだ。そしてこの矜持が可能なのは、目に見えるほどの悲惨には隠れた栄光が釣り合っているからだ。

死者たちの孤独、シャティーラ・キャンプではこの孤独が、死者たちの身ぶりや格好が彼ら自身した覚えのないものだっただけに、いっそう生々しく感じられた。死に様も選べなかった死者たち。遺棄された死者たち。だが、このキャンプの私たちのまわりには、ありとあらゆるいとしさ、優しさ、愛情が、もうそれに応えぬパレスチナ人を求めて漂っていた。

「キャンプの民間人の安全は保証するというレーガン、ミッテラン、ペルティィニ[23]の約束を信用してアラファトと一緒に出発した被害者の縁者に、一体どう説明したらいいんだ。子供や老人や女が虐殺されていくのを放っておいたなんて、祈禱もせずに遺体を打っちゃっておいたなんて、遺体が埋もれている場所も分からないなんて」

虐殺はひっそりと暗がりで起こったのではない。イスラエルの照明弾に照らし出されたイスラエル人の耳は、木曜の夕刻このかたシャティーラに聞き入っていた。なんという祝祭、なんという乱痴気騒ぎが繰り広げられたものか。死神が参加しなかったとはとても思えぬ悪ふざけに耽りつつ、葡萄酒に酔い憎悪に酔った兵士たちは、聞いていてくれる、見ていてくれる、叱咤激励してくれるイスラエル軍のお気に召している嬉しさにも酔っていたに違いない。耳を澄まし目を光らせているこのイスラエル軍を私は見たわけではない。それがやったことを私は見た。

「バシールを暗殺してイスラエルは何を得たか。ベイルートに入り、秩序を回復し、流血の惨事を回避すること」

こういう論法には言い返さねばなるまい。

「イスラエルはシャティーラで虐殺をやって何を得たか」。答えはこうだ。「イスラエルはレバノンに侵攻して何を得たか。二カ月間民間人を爆撃して何を得たか。パレスチナ人を追放し抹殺すること。シャティーラでイスラエルは何を得ようとしたのか。パレスチナ人を抹殺すること」

イスラエルは人間を殺す。イスラエルは死者を殺す。イスラエルはシャティーラを取り壊す。整備された土地をめぐる不動産投機とも、イスラエルは無縁ではない。荒れたままでも一平方五百万アンシャン〔10〕、「本来の＝きれいな《プロプル》」状態にしたらどれ位になるだろう……。

　おそらくは、まだ地表すれすれにある死と隣り合っているがゆえに、すべてがフランスよりも真実なベイルートで、私はこれを書いている。(24) 模範であることに、不可触《アントゥッシャブル》なことに、無慈悲に追及する復讐の聖女と化したと思い込みその立場を利用しつくすことに、イスラエルはもううんざりしてしまったのだ。ほとほと嫌になったのだ。そこで今度は自分が裁かれる側に回ろうと、冷たい覚悟を決めたのだ。ここにいるとそうとしか思えない。(25)

　巧みな変身だった。だが予想はついたはずだ。かくしてイスラエルは久しい以前からそれに備えてきたものに、今では流行らなくなったおぞましき植民地権力、時間のなかのはかない一権力でありながら、長い悲運と神に選ばれたことを楯に、自分自身で定めた法にしか従わぬ最終審級になりおおせたのだ。

多くの問にまだ答えが欠けている。

イスラエル人は単に、キャンプを照明し、聞き耳を立て、私がその薬莢を踏んだあれほどの（何万個もの）弾薬を費して発された銃声をただ聞いていただけだとすると、実際に撃ったのは誰か。殺すことで自分も危険を冒したのは何者か。ファランジストか。ハッダード軍か。誰であり、そしてどの位の数だったのか。

これほどの死を惹き起こした武器はどこへ行ってしまったのか。それに自衛した人々の武器は。キャンプの私が訪れたところでは、未使用の対戦車砲が二つ見られただけだった。

殺害者はどのようにキャンプに入ったのか。シャティーラに臨むあらゆる出口にイスラエル人はいたのか。いずれにせよ木曜には、キャンプの入口に面したアッカ病院にイスラエル人はいた。

イスラエル人は虐殺を察知すると直ちにキャンプに突入しすぐにやめさせたと新聞には書いてあった。直ちに、つまり土曜日に。それにしても彼らは虐殺者をどうしてしまったのか。虐殺者はどこへ行ってしまったのか。

バシール・ジュマイエルとその同志二十人が暗殺された後、虐殺が起きた後で、ベイルート上流ブルジョワジー出身のB夫人は、私がシャティーラから戻ったことを知って会いに来た。電気の点かないなかを、八階もの階段を夫人は登ってきた。年配の人だった。優雅だが年配だったと思う。

「バシールが死ぬ前、虐殺が起きる前に、最悪の事態は今進行中だとおっしゃったのはご明察でした。それを見てきましたよ」

「後生ですからシャティーラでご覧になったことだけはお口になさらないで。わたくしの神経は本当に脆いんですの。まだ起きていない最悪の事態に耐えられるよう神経のお手入れをしなければ」

夫人は夫（七十歳）と女中の三人きりで、ラス・ベイルート[26]の大きなアパルトマンで暮らしている。とても優雅な人だった。身づくろいは実に入念だった。使っていた家具はルイ十六世様式だったと思う。

「わたくしたち、バシールがイスラエルへ行ったことは存じていました。間違っていたんです、あの人は。選ばれて国家元首になったらああいう輩とつきあうものではありません。ひどい目に会うに違いないと思っていました。でも何も知りたくありませんわ。まだ到来していない恐ろしい衝撃に耐えられるよう神経のお手入れをしなければ。バシールは送り返すべきだったんです、ベギン氏に自分が親愛《シェラミ》なる友と呼ばれたあの手紙を」

上級ブルジョワジーといえども、彼らの物言わぬ従僕ともども、それなりの、彼らなりの抵抗の仕方というものはある。B夫人とその夫は「輪廻というものを完全に信じているわけではない」。この夫婦が生まれ変わってイスラエル人になってしまったら、一体どうなることだろう。

バシールが埋葬されたその同じ日にイスラエル軍は西ベイルートに入った。私たちのいる建物に爆発音が近づいてきて、とうとう全員地下室に退避することになった。大使、医師に、その妻や娘が続く。レバノン駐在の国連代表、そして召使いたち。

「カルロス、クッションを持ってきてくれ」

「カルロス、私の眼鏡」

「カルロス、お水をちょっと」

召使よ、お前たちだってフランス語を話すのだから避難所に入れてやろう。お前たちだって守ってやらなければ。怪我でもしたら病院に、さもなければ墓地に運んでやらなければ。ええ、面倒臭いったらありゃしない。

シャティーラとサブラのパレスチナ・キャンプ、それは何キロも何キロも蜒々と続くきわめて狭い路地——ここでは路地までがあまりに痩せていてまるで骨と皮ばかりのこともあり、人が二人で進もうものなら一人は横歩きしなければならないほどだ——石膏屑、突抜け石、レンガ、雑色の汚いボロに塞がれた路地だということを銘記しておかねばならない。しかも夜、いくらイスラエルの照明弾が上からキャンプを照らしていたとはいえ、十五人、二十人の射撃手では、たとえ装備が万全だったとしてもとてもこのような屠殺《ブシュリー》はなし得なかっただろう。殺戮者は行動した、だが多人数で、おそらくはいくつもの拷問班に分かれて動いた。頭蓋を開き、太股を切り刻み、腕を、手を、指を切り落とし、死にかけの人間を縄で縛って引きずり回したのだ。引きずり回された男女は、その後も体から血が長い間流れていたからにはまだ生きていたはずだ。ある家の廊下に残されていた、廊下の奥の血溜りから流れ出し入口の埃に消えていた乾いた血の小川など、ついに誰の血か分からなかったほどだ。それはパレスチナ人だったのか。女だったのか。それともファランジストだったのか。だとすれば、その死体は片付けられた後だった。

パリから見れば、ましてキャンプの地形を知らないとなるとなおさら、なるほどすべてを疑ってかかることもできる。最初に虐殺を伝えたのはエルサレムのジャーナリストだと、イスラエルに言わせておくことも。アラブ諸国に向かってアラビア語では、このジャーナリストたちはどういう具合に語ったのか。英語で、フランス語ではどのように。そして正確にはいつ。西洋でならば、変死が一つでも確認されると、指紋、弾丸の衝撃力、検屍、再鑑定といった慎重な配慮が直ちに張りめぐらされることを思えば、何ということか、ベイルートでは、虐殺の事実を知るが早いかレバノン軍が虐殺の起こったキャンプを公式に引き受け、家の残骸も死骸もたちまち消し去ってしまったのだ。誰がこの急ぎ仕事を命じたのか。とはいえそれは、キリスト教徒とイスラーム教徒の殺し合いがあったという確認が世界を駆けめぐった後、殺戮のむごたらしさがカメラに納まった後だった。

イスラエル人が占領していたアッカ病院はシャティーラの入口の正面にあり、キャンプから二百メートルではなくて四十メートルのところだ。何も見えなかった、何も聞こえなかった、何も分からなかったなんてことがあるだろうか。

だが、国会《クネセット》でベギンが広言したのはまさにそういうことだ。「非ユダヤ人が非ユダヤ人を虐殺したからといってわれわれに何のかかわりがあろう」

しばし中断していたシャティーラの描写を終えねばなるまい。死者の見納めとなったのは日曜日、午後二時頃、国際赤十字のブルドーザーがキャンプに入った時だった。死臭は家屋から、あるいは拷問死した人々の体から出ているのではない。私の体、私の存在がこの臭いを発しているようだった。とある狭い路地の、塀の笠石の尖った段のところに、ＫＯされてびっくりした黒人ボクサーが笑みをたたえて地べたに座りこんでいた。そう見えた。瞼を閉じてやる勇気は誰にもなかったのだ、飛び出した眼、とても白い陶器製の眼が私を見つめていた。腕を上げ、壁のこの角にもたれて、しょんぼりしているようだった。それは死後二、三日経ったパレスチナ人だった。最初黒人のボクサーと思ったのは、巨大にふくれ上がった黒い頭のせいだ。日なた日蔭を問わず、ここではどの頭、どの死体もこんな具合だった。足の側を私は通り過ぎた。埃のなかから上顎の義歯を拾い上げ、窓枠の残骸の上に置いた。空に向かって差し出された手の窪み、開いたままの口、ベルトのないズボンの前開き。いずれも蝿の群が貪り食らう巣箱と化していた。

別の死体を私は踏み越えた。そしてさらにもう一つ。埃のなか、二つの死体の間にとうとうあった、生命にあふれたもの、あれほどの殺戮のなかで無瑕だったもの、ピンク色に透き通ったもの、まだ使えるものが。それは義足だった。どうやらプラスチック製らしく、黒いサンダルとグレーの靴下をはいていた。よく見ると、切断された脚から乱暴にむしり取られたことは明らかだった。いつも義足を太股につなぎ留めていたはずの留め金が、一つ残らず壊れていた。

義足は二番目の死者のものだった。一本だけの脚、黒いサンダルとグレーの靴下をはいたその足が私の眼に焼きついていた。

三人の死者を後にした通りと直角に交わる通りに、また一つ死体があった。脇をすり抜けられなくはなかったが、死体が倒れていたのがたまたま通りの入口だったので、この光景を見るためには一度通り越してから振り返らねばならなかった。椅子に腰かけ、うら若い男女の沈黙に囲まれて、アラブの女服の女が泣きじゃくっていた。十六歳か、でなければ六十歳とも見えなくはなかった。亡骸となってほとんど道を塞いでいる兄（弟）を奪われた悲しみに泣き崩れていたのだ。そばに寄ってよく見た。女は首の下でスカーフを結んでいた。泣いていた。すぐ横にいるこの兄（弟）がもうこの世にいないことを嘆き悲しんでいた。女の顔は薔薇色だった。子供のような薔薇色、ほぼ一様な、とてもなめらかな、やわらかな薔薇色。だが睫毛も眉毛もなかった。はじめ薔薇色の肌と思ったのは皮膚《エピデルム》ではなく、グレーの肌にわずかに縁取られた真皮《デルム》だった。顔の全体が焼かれていた。何でやられたのか、それは私には分からない。だが何者の仕業かは分かった。

最初のうちは努めて死者の数を数えていた。臭気と日射に包まれた、十二ないし十五の死者のところまで来て、ガラクタにぶつかっては躓つまずき、もうそれ以上は無理だった。なにもかもがこんがらがってしまった。

大きな穴があき布団が飛び出した家、崩れ落ちた建物。今までにいくらでも見た光景だ、気にもとめずに。西ベイルートでは、シャティーラでは、その同じ光景が、身の毛がよだつばかりの恐怖を語っていた。死者たち、私とは大抵すぐ親しい仲に、親友にさえなる彼らも、このキャンプでは、ただ、自分たちを殺した者たちの憎悪と喜悦しか語ろうとはしなかった。野蛮な祝祭が、憤怒、陶酔、舞踏、歌、罵声、哀願、うめき声がここで展開されたのだ、アッカ病院の最上階に陣取って笑っている覗き魔どもの栄誉のために。

*

アルジェリア戦争の前は、フランスにいるアラブ人は美しくなかった。物腰は鈍重でもたもたしていた。面《つら》構えは歪んでいた。それがほとんど突然、勝利が彼らを美しくした。だがすでに、勝利が明らかになりそのまばゆさに何も見えなくなる少し前、アウレス及びアルジェリア全土で五十万を超えるフランス兵がくたばってめろめろになっていた頃、ある奇妙な現象が、アラブ人労働者の顔に体に、目につくように、作用するようになっていた。いまだ脆弱だが、彼らの皮膚から私たちの眼から、ついに鱗が落ちる時には目も眩むばかりになるであろう美の、接近のような、予感のようなものが。この明白な事実を受け入れないわけにはいかなかった。彼らが政治的解放をかちとったのは、本来そのように見られるべきだったそのままの姿で、とても美しく現われ出んがためだったのだ。同様に、難民キャンプを逃れ、キャンプのモラルと秩序、つまり生き抜く必要が課すモラルを逃れ、と同時に恥辱をも逃れてきたフェダイーンはとても美しかった。この美は新しい《ヌーヴェル》、生まれ変わった《ヌーヴ》、生まれたままのあどけない《ナイーヴ》美だったので、みずみずしく、生気にあふれるあまり、恥辱から身をもぎ離しつつある世界中のあらゆる美と響き合うことになった事情までも、たちどころに露わにしてしまった。

　夜のピガールを徘徊していた大勢のアルジェリア人の女衒《マック》も、アルジェリア革命のために自分の切り札を使っていた。そこにも美徳《ヴェルチュ》があった。自由を重視したか美徳――つまりは労働――を重視したかで革命を色分けしたのはハンナ・アレントだったと思う。[11]おそらく認めねばならないのは、革命あるいは解放というものの――漠たる――目的は、美の発見、もしくは再発見にあるということだ。美、即ち、この語によるほかは触れることも名づけることもできないもの。いや、それよりも、盛んに笑う傲慢不遜という意味を、美という語に与えよう。過去のものとなった悲惨に、この悲惨、この恥辱を招いた体制及び人間たちにまだ舐められてはいても、こんなに生意気そうに、しかもよく笑うのは、恥辱からはじけ出ることなどちょろいものだったと気づいているからに違いない。

だがこの頁ではとりわけ次のこと、顔から体から、それを無気力にしていた死んだ皮膚を落とさないような革命は、本当に革命なのかということが問題だったはずだ。私が言いたいのはアカデミックな美のことではなく、陰鬱さと手を切った体、顔、叫び、言葉の、触れることの――名づけることの――不可能な喜び、要するに、官能的で強烈なあまり、どんなエロチスムも追放しようとするような喜びのことだ。

*

再びヨルダンのアジュルーン、続いてイルビトに私はいる。自分のだろうと思った一本の白髪をセーターから取り去って、側に座っているハムザ(27)の膝に置く。ハムザはそれを親指と中指でつまみ上げ、見つめ、ほほえみ、黒のブルゾンのポケットにしまいこむとそこを手で押さえてこんなことを言う。

「預言者の鬚の毛[12]だってこんなに有難くはない」

少し大きく呼吸《いき》をして言い直す。

「預言者の鬚の毛もこれ以上に有難くはない」

弱冠二十二歳、彼の思考はやすやすと、四十歳のパレスチナ人のはるか頭上で跳ねていた。だが、すでに彼には——彼には、つまりその体には、仕草には——この青年を古い人々に結び付ける徴《しるし》の数々もあった。

その昔百姓は指で鼻をかんだ。チンという音とともに鼻汁は茨へと飛んでいった。コールテンの袖で鼻の下をぬぐったものだから、ひと月のちには袖は薄い真珠母で包まれた。フェダイーンもそうしていた。侯爵や高位聖職者が値踏みをするように、ちょっと背を曲げて鼻をかんだ。私も同じようにした、彼らが自分で気づかずに教えてくれたように。

女たちはどうか。家が選んだ概して年配の夫から贈られた婚約衣粧の七着の服に、昼も夜も（一週間一日一着ずつ）刺繍すること。悲痛な寝ざめ。父親に反抗し、刺繍用の針と鋏を叩き壊した時、パレスチナの若い女たちはとても美しくなった。アジュルーン、サルト、イルビトの山々に、森林そのものに、反抗と銃によって解放された官能の一切が堆積していた。銃を忘れるまい。それだけで十分だった。誰もが満ち足りていた。フェダイーンは一つのま新しい美を、そうとは悟らずに――本当だろうか――仕上げていた。動作は機敏で疲れればすぐにそれと分かり、すばやく動く目はきらきら輝き、声は一段と明るく響いた。それがまたいかにも、きびきびした受け答え、その短さと合っていた。その簡潔さにも。長ったらしい文、学者風のごてごてしたレトリック、そんなものをフェダイーンは殺してしまっていた。

シャティーラでは多くの人が死んでいた。そしてこの人々を知っていたという理由からも、腐りつつある彼らの死体に対する私の友愛、私の情愛は大きかった。太陽と死のために黒ずみ、ふくれ、腐ってはいても、彼らはやはりフェダイーンだった。

*

午後二時頃、日曜日、レバノン軍の三人の兵士が私に銃を突きつけ、一人の士官がうたた寝をしているジープのところへ連れていった。私は士官に訊ねた。

「フランス語を話しますか」

「イングリッシュ」

不愛想な声だった。不意に起こされたからだろう。彼は私のパスポートを眺めた。フランス語で言った。

「あそこから来たのですか」（指はシャティーラを指していた）

「はい」

「それで見たのですか」

「はい」

「書くのですか」

「はい」

士官はパスポートを返し、さっさと行けという身ぶりをした。三丁の銃は下ろされた。私はシャティーラで四時間を過ごした。記憶にはおよそ四十の死体が残っていた。その全員――はっきり言う、全員と――が拷問されていた。おそらくは酔いのなかで。歌、笑い、火薬の臭い、そしてすでに、死肉の臭いのなかで。

多分私は一人きりだった。つまりただ一人のヨーロッパ人だった（裂けた白雑布にしがみついたままのパレスチナの年老いた女数人と、武器を持たないフェダイーンだけが一緒にいた）。それにしても、この五、六人の人間がもしそこにいなかったら、しかもこの打ちのめされた町を、水平の、黒くふくれたパレスチナ人を発見してしまったとしたら、私は気が狂っていただろう。それとももう狂っていたのだろうか。この目で見た、あるいはすっかりそう思いこんだ粉々になって地に倒れ伏したあの町、強力な死の臭気が走り抜け、持ち上げ、運んでいたあの町、あれは皆現実の出来事だったのだろうか。

私はシャティーラとサブラの二十分の一ほどを、それも不器用に踏査したにすぎない。ビール・ハサンにはまったく、ブルジュ・バラージュネ(28)にもまったく足を踏み入れなかった。

*

ヨルダン期を妖精劇のように過ごしたのは私にもともと備わった傾きのなせる業ではない。あの地で魔法にかかったという話は、何人ものヨーロッパ人や北アフリカのアラブ人からも聞いた。十二、三時間も夜の色に染まらぬ六カ月もの長い発作を生きたおかげで、この出来事の軽やかさ、フェダイーンの持つ例外的な美質を私は知った。だがその反面、この出来事の造りの脆さもそれとなく感じていた。ヨルダンのパレスチナ軍が再集結していたヨルダン川沿岸には一帯に検問が敷かれていた。検問所のフェダイーンは自分たちの権利、自分たちの権力を確信し切っていて、訪問者が到着すると昼夜を問わずお茶が調えられ歓談が始まった。笑いがはじけ、兄弟愛に満ちた接吻が交わされた（今接吻した相手はその夜のうちに出発してヨルダン川を渡り、パレスチナに爆弾を仕掛けに行くのだった。そしてたいていは二度と戻らなかった）。点在するヨルダン人の村落だけがひっそりと、口を噤んで革命を包囲していた。フェダイーンは皆、軽やかに大地から舞い上がっているようだった、絶妙の葡萄酒をあおったかのように、あるいはハシシを一服吹かしたかのように。あれは何だったのだろう。死をものともしない、そして空砲を放つためチェコ製と中国製の武器を持った青春だった。かくも高々と放屁する武器に守られて、フェダイーンは何も恐れていなかった。

パレスチナとヨルダンの地図を見たことのある読者なら、この地形が一枚の紙でないことをご存知だろう。ヨルダン川の川岸は大変起伏が激しい。四十歳の責任者の叱声が飛び交いはしても、この無謀な脱出の企ては一部始終、副題に『夏の夜の夢』と銘打たれるべきものだった。この一切は可能だった、若さのゆえに。樹の下にいること、武器とじゃれ合うこと、女たちから離れていること、つまり難しい問題をはぐらかしておけること、革命の最も鋭利であるがゆえに最も輝かしい尖端であり、キャンプの住民ともしっくりいっていて、その上何をしていても写真うつりがいい嬉しさのゆえに。そしておそらくは、革命的内容のこの妖精劇が、遠からず荒廃の浮き目を見ることを予感している嬉しさのゆえに。フェダイーンは権力を欲していなかった。彼らには自由があった。

ベイルートからの帰途、ダマスの空港で、イスラエルの地獄を逃れてきた若いフェダイーンに私は出会った。年は十六、七だった。皆笑っていた。アジュルーンにいたフェダイーンにそっくりだった。彼らのように、この少年たちも死ぬのだろう。国を求める闘いは満たすことができる、実に豊かな、だが短い人生を。思い出そう、これは『イーリアス』でアキレウスがする選択なのだ。(29)

［解題］

「シャティーラの四時間」がこの論集［『公然たる敵』］のもっとも際立った政治的かつ文学的テクストとみなされうるとしても、それはおそらく、この作品が、政治と文学という審級をともに逃れているという理由からであろう。なるほどジュネはこの作品で、彼の芸術の手法の数々を、『恋する虜』の壮大なアラベスクの予兆となるような知識と堅実さをもって展開してはいる──そして、この論考が、シャティーラの虐殺に関する弾劾行為の正確さ、厳密さに支えられた「ルポルタージュ」であることも同様に明らかである。

しかし、真実には、このテクストはそれ自体の規定を免れる。それは孤独に屹立し、作者の他の著作の間に分類することができない。あまりに剝き出しの経験の刻印を受けたために、あらゆるジャンルから分離してしまっている。このテクストが誕生した歴史的かつ状況的な枠を固定しつつも、それがもたらす証言は、歴史にも状況にも還元されるままにならないことを忘れてはならないゆえんである。

一九八二年八月にジュネが十年の不在ののちに中東に立ち返る決心をし、ライラ・シャヒードのベイルートへの旅に同行することにしたとき、彼は心身ともに最低の状態にあった。癌の放射線治療で体力をとても消耗していた彼は、精神的にも極度に落ち込んでいた。書く気が失せたと言い、一九七七年以来、いくつかの対談をのぞき、何も──ブーレーズのために手を初めたオペラの台本も、膨大なシナリオを書いたメトレ少年院の歴史についての映画の撮影も──発表していなかった。とりわけ、年来執筆を続けたパレスチナ人に関する大きな書物の完成を見るという希望を失ってしまっていた。

『パレスチナ研究誌』の責任者であった友人のライラ・シャヒード──彼女は『恋する虜』の「熱心党員」の一人になるだろう（三一〇頁［日本語訳：海老坂武・鵜飼哲訳、人文書院、一九九四年、三五四頁］）──がジュネの疲れを気づかったさい、ジュネは自分にとっていまこそがパレスチナ人のもとに戻るべき時だと答えた。

レバノン戦争の決定的な時点に、ジュネは、そのことに気づかずに、一九八二年九月十二日、ベイルートに到着した。状況は一見平穏だった。三カ月の包囲——イスラエル軍は町の入口にいた——の果てに、ベイルート西郊外に避難していたパレスチナ人戦闘員は、この国を離れることを受け入れ、多国籍（アメリカ、フランス、イタリア）の兵力引き離し軍に守られて、大半がチュニジア、アルジェリア、イエメンに向けて出航したところだった。パレスチナ人のキャンプは武装解除された。そして、八月二十三日の選挙以後、レバノン共和国の新大統領はバシール・ジュマイエルになっていた。

だが、ジュネが到着した翌日から、いくつもの出来事が立て続けに起きた。滞在先のライラ・シャヒードのアパルトマンのバルコニーから、ジュネは兵力引き離し軍の兵士たちの出発を確認した。艦船が沖合に出て間もない九月十四日、大統領——キリスト教右派の諸政党のリーダーでもある——は自分の党の本部で爆弾攻撃を受け暗殺された。九月十五日早朝、イスラエル軍は、交わされたすべての合意を破り、「秩序の維持」および町に残っているかも知れないパレスチナ人戦闘員の残党を駆逐するためにレバノンの首都に進駐した。この日の夕方、イスラエル軍は、ベイルート近郊のサブラとシャティーラのパレスチナ人キャンプを包囲し、その入口から二百メートルのところに位置する八階建ての建物に本部を置いた。

九月十六日、レバノンのキリスト教徒民兵の多様な制服を来た武装分子が、イスラエル軍の同意のもとにキャンプに侵入し、「テロリスト掃討」を行なった。彼らの「指導者」バシール・ジュマイエルの死に激昂し、どうやら酩酊してもいたらしいこの者たちは、三日三晩の間虐殺にいそしみ、子供も、女性も、老人も容赦しなかった（犠牲者の数は千五百と五千の間を揺れ動く）。その間イスラエル兵はキャンプの入口に配置されており、彼らが占拠した建物の上からキャンプを監視していたが、介入もしなければ、どんな警告も発しなかった。

九月十七日、シャティーラで働いていたノルウェイ人の看護婦がライラ・シャヒードを訪ねてきて、ジュネは彼女から、入ることが禁止されているキャンプで、何かが起きていることを知らされたのだった。彼は翌日ただちに現場におもむいたが、入口を封鎖していたイスラエルの戦車にぶつかった。ようやく九月十九日、午前十時頃、ライラ・シャヒードと二人のアメリカ人写真家とともに、ジュネはジャーナリストを装ってシャティーラ・キャンプに入ることができた。現場の指揮権を回復したレバノン軍のブルドーザーが大急ぎで死体置き場の穴を掘っている最中だったが、死体はまだ埋められていなかった。ただ一人、四時間の間、照りつける太陽の下、ジュネは路地を歩き回った。滞在していたアパルトマンに戻ると、まる一日自室に閉じこもっていた。それから、出来るだけ早く帰りたいと言い出した。九月二十二日、ダマスカスで飛行機に乗った彼はパリに戻ると十月一杯執筆を続け、書き上げた文章は一九八三年一月一日、『パレスチナ研究誌』六号に掲載されることになった。

おそらくは文章を書くためのひと月という距離によって、ジュネは、彼が跡づける出来事の暴力を飼い馴らすとともに、この出来事を自分のパレスチナの思い出の枠に位置づけ直し、ヨルダンへの彼の最初の滞在（一九七〇—一九七一）と最近の旅（一九八二）という二つの時期の関係についてのテクストを構築することができたのである。このことによって、二つの時期を遊動させ、二つの記憶を擦り合せることで、彼は「ルポルタージュ」のうちに、彼の小説のそれを思わせないではいない時間構造を導入したのであった。それゆえ、ジュネが「書く行為」の再開をおおよそこのテクストの執筆時期としていること（『恋する虜』四五五頁［日本語訳五二八頁］および五〇二頁［日本語訳五八三頁］）も驚くに当たらないであろう。

«Clairefontaine»という銘柄の便箋用ノートから切り離された二十五枚の紙（21センチ×29・7センチ）に綴られた「シャティーラの四時間」の手稿は、ジュネが校正で読み直し修正を加えたテクストの前の版を示している。それを見ると、この文章のタイトルについて迷っていたことが分かる。最終的に決定されたタイトルの上に、ジュネは最初に考えた別のタイトルを線で消している。「四時間一人シャティーラとサブラで」。頁の番号によって、テクストの別の配列が示されてもいる。最初の二枚は最後に付け足されたものだった（文章は、従って、「写真は二次元だ、云々」で始まっていた）。また、最後の二枚（文章は次の文で終わっていた。「シャティーラでは多くの人が死んでいた。そしてこの人々を知っていたという理由からも、腐りつつある彼らの死体に対する私の友愛、情愛は大きかった。太陽と死のために黒ずみ、ふくれ、腐ってはいても、彼らはやはりフェダイーンだった。」）には頁番号が振られていない。この当初の末尾は、この場所にジュネの署名が書き込まれている、最初のタイプ原稿によっても確認される。

テクストの構造に関するこれらの指示のほかに、手稿は大半は小規模な異型と、いくつかの短い書き足し及び切断を含んでいる。全部で二十数行になるより重要な三つのくだりは、作者の同意を得て、発表された文章から取り除かれた。われわれはこれらのくだりを、それらがテクストに書き込まれていた箇所で、注［編注］で示すことにする。ひとつはレバノンのキリスト教徒の主要な政党の党首であり、「ファランジスト」の元「リーダー」であるピエール・ジュマイエルに関するものである。他のふたつはユダヤ民族に関する考察を展開したもので、それが現れる頁から分かるように、ベイルートで、すなわち「生々しい現場で」書かれたものであり、ジュネは文章の最終的な版から取り除くことを受け入れた。

典拠：ライラ・シャヒードおよびエリヤス・サンバールとの対話。ポール・テヴナン文書および『パレスチナ研究誌』。

［編注］

（1）イスラエル政府の首班であったメナヘム・ベギンの、一九八二年九月二十二日、エルサレムのクネセット（国会）における発言。正確な表現は以下の通り。「非ユダヤ人が非ユダヤ人を殺し、それでもわれわれが非難される……。」（J＝F・ルグラン「イスラエル＝パレスチナ戦争」、『パレスチナ研究誌』六号、一九八三年冬号、一九七頁参照）

（2）この一節は一九七〇年十月から一九七一年四月までの、ヨルダンのパレスチナ・キャンプへのジュネの滞在を参照している。

（3）この数行が、『恋する虜』三〇二―三〇三頁［日本語訳三四五―三四六頁］に、多少の変更を加えて再録されていることを参照。

（4）ベイルート市の西側部分。フェダイーンが撤退したこの地域は、一九八二年六月から八月まで、イスラエル軍に包囲され砲撃された。

（5）サブラとシャティーラは一九四九年にベイルートの西郊外に作られたパレスチナ人難民キャンプである。この二つの隣接するキャンプには、一九八〇年代初めには、約三万五千人の人口があった。

（6）ジュネと同時にキャンプに入ったアメリカ人の女性ジャーナリスト。

（7）レバノン軍から離脱した将校で、イスラエル軍の訓練と財政援助を受けていたキリスト教徒民兵組織（「ハッダード派」）の指導者。

（8）カターイブはレバノンのキリスト教右派マロン派の主要政党（「ファランジスト」とも言われる）。一九三六年にピエール・ジュマイエルによって創設された。

（9）リクードは一九八二年に与党の座にあったイスラエルの政党で、右派および極右派の諸勢力を糾合している。政治的に労働党と対立している。

(10) ベギン、シャロン、シャミールはリクードのメンバー。一九八二年にはそれぞれ、首相、国防相、外相であった。

(11) アメリカの空母。

(12) カターイブの創設者でキリスト教徒民兵組織の元指導者ピエール・ジュマイエル（注8参照）の息子。一九八二年八月二十三日イスラエル政府の支持を得て大統領に選出されたが、暗殺された直後であった。

(13) ツァハルはイスラエル軍の略称。

(14) ハムラーは、ベイルートの主要な商業地区。

(15)『恋する虜』五三頁［日本語訳五七頁］にこの光景が再度想起されていることを参照。

(16) イスラエル軍の戦車。

(17) 発表された版では次の一節が削除された。「バシールの父、ピエール・ジュマイエルがレバノンのテレビに現れた。とても窪んだ、影に満ちた眉弓、とても薄い唇をした痩せた顔。これを言い表すにはただ一つの表現しかない。赤裸の残虐さ。」

(18)『恋する虜』三八四頁［日本語訳四三九頁以下］にこの一節が再度取り上げられていることを参照。

(19) ジュネがダマスにいたのは一九三〇年である。

(20) 委任統治は一九二〇年四月二十五日に署名され、一九二二年に国際連盟の同意を受けた。

(21)『かくも長き不在』はアンリ・コルピの映画。シナリオはマルグリット・デュラス（一九六〇年）。

(22) メナヘム・ベギンはブレスト・リトフスク［現ベラルーシ領］の生まれだが、一部ポーランド系の血筋を引く。

(23) 多国籍兵力引き離し軍を構成していた諸国（アメリカ合州国、フランス、イタリア）の大統領たち。
(24) いくつかの記述は九月十九日から二十二日の間にベイルートで書かれたらしい。
(25) テクストの最終版で削除された二つの断片を含むこの一節をここでまとめて示す。
「ユダヤ民族は、彼らがその絶滅を信じさせたような、地上でももっとも不幸な境遇からは程遠く――アンデスのインディオはもっとどん底で貧しく見捨てられている――アメリカでは富める、あるいは貧しきユダヤ人たちが、生殖のため、「選ばれた」民の存続のため、精子を蓄えていたのである。要するに、巧みな変身だった。だが予想はついたはずだ。かくしてイスラエルは久しい以前からそれに備えてきたものに、今では流行らなくなったおぞましき植民地権力、時間のなかのはかない一権力でありながら、長い悲運と神に選ばれたことを楯に、自分自身で定めた法にしか従わぬ最終審級になりおおせたのだ。

このおぞましき権力に、イスラエルはあまりに遠くまで入り込んでしまったので、誰から非難されても仕方がないことをすることで、さまよえる、虐げられた民、地下的な権力を持つ民としてのその宿命を、ふたたび見出そうとしたのではないかと思われるほどだ。今回は、それが被ることを止めて被らせることになった虐殺の、おそるべき光のなかに、イスラエルはあまりにも身を晒してしまったので、往年の影をふたたび見出して「地の塩」に、かつてそうであったと仮定すればだが、ふたたびなろうと欲しているのだ。

しかし、なんというやり方だろう！

ソ連、アラブ諸国は、彼らがいかにだらしがないと言えども、この戦争への介入を拒むことで、イスラエルに、世界の眼、陽光のもとに、諸民族中の錯乱者として現れることを可能にしたのでもあろうか？」
(26) ベイルートの北部地区。
(27) 『恋する虜』の登場人物。

(28) ビール・ハサンとブルジュ・バラージュネは、やはり虐殺が起きた、シャティーラの近くのパレスチナ・キャンプである。

(29)『恋する虜』における、「死に急ぐのか、それとも永遠のために歌うのか」という、アキレウスとホメロスの間の選択にかかわる「古来のあの議論」(一七四頁[日本語訳一九九頁])を参照。

[訳注]

[1] ここでヨルダン内戦の経過を簡単に振り返っておきたい。ハーシム家が君臨するヨルダン王国(一九四八年末成立)において、パレスチナ人は人口の過半数を占めている。一九六七年の六月戦争(第三次中東戦争)でヨルダン川西岸を占領されたのち、アラファト率いるファタハを中心とした新生PLOに結集するパレスチナ人及びヨルダンの左派勢力とハーシム王家の間に緊張が高まった。とりわけ六八年のアル・カマーラの戦闘で、侵入したイスラエル軍に徹底抗戦して以降、首都アンマンはパレスチナ抵抗運動の一大拠点となり、フェダイーンのヨルダン軍への併合か武装解除を迫る国王フセインとの対立は七〇年夏には非和解的になった。同年九月十七日早朝、軍事政権を指名したフセインのアンマン総攻撃によって内戦が始まり(「黒い九月」)、同月二十七日エジプト大統領ナセルの調停によって一時的に和解が成立するまで、フセインに忠誠を誓うベドウィンの兵士とフェダイーンの間で激しい戦闘が続いた。内戦開始の直後からアンマンを撤退したフェダイーンの集結地となった北部の町イルビトに、シリア経由でジュネが到着したのは十月の初めのことである。ヨルダン軍はその後も停戦協定を破っては挑発を繰り返し、翌七一年四月にはついにアンマンからフェダイーンを一掃、ジャラシュとアジュルーンでの抵抗が最終的に鎮圧されたのは七月の末であ

った。内戦で戦死したフェダイーンは二万人に上るといわれる。なおフェダイーンは「捧げられし者」という意味のフェダイーの複数形である。

［2］　原文は人称代名詞女性複数形のelles。形容詞furieuses（激昂した）はギリシャ神話・悲劇に登場する復讐の三女神エリニュエスのローマ名フリアエ（Furiae）と同語源で、この女神はしばしば蠅の姿で表象される。このテクストは他にもギリシャ的コンテクストへの暗示に満ちている。

［3］　イスラエル軍がこの爆弾を使用したのは八月六日である。「私のいる病院の近くのサナイエにある大きなビルが、音もなく、空爆で全壊しました。これは、周囲を真空状態にして建物全体を音もなく破壊する、真空爆弾という特殊な爆弾を使ったことが、ソ連とPLOの非難で明らかにされています。この破壊された建物は、一九七五〜七六年のレバノン内戦当時、パレスチナ人キャンプ、タル・ザータルが破壊され、男性はほとんどカタイエブ（ファランジストの民兵組織）に皆殺しにされ、残った婦女子や老人の難民がダムールにいったんひきあげ、さらにそこから移り住んでいたのです。この真空爆弾の破壊による犠牲者は二五〇人にのぼるといわれ、生き埋めになったままで、その発掘に何日間もかかっています」（信原孝子氏の証言、広河隆一『ベイルート大虐殺』、三一書房、一九八三年、六五頁）。

［4］　「独立ナセル主義運動」の軍事組織。「独立ナセル主義運動」は五〇年代以来のナセル主義諸潮流の一つで、六七年来パレスチナ人組織、とりわけファタハとの連携を深め、七五〜六年のレバノン内戦以降、「レバノン民族運動」（レバノン左派）の一翼を担って西ベイルートで活動を続けてきた。

［5］　レバノン侵攻（「ガリラヤの平和」作戦）の当初、ハッダード少佐が支配する南レバノンのキリスト教徒の村落で、侵攻したイスラエル軍を歓迎する動きがみられ、農民がその土地の習俗に従って、イスラエルの装甲車に米粒及び花を投げて、「パレスチナ人を厄介払いしてくれた」ことへの感謝を表した事態を踏ま

えている。この様子を、イスラエルのテレビ、ラジオは繰り返し放送し、誇大な宣伝を展開した。

［6］　旧約『創世記』（十六章及び二十一章）によれば、アブラハムには妻サラとの間に老年に至るまで子がなく、女奴隷ハガルが彼との間に一子イシュマエルを設けた。その後サラにイサクが生まれ、イサクがユダヤ人の祖、イシュマエル（イスマイル）がアラブ人の祖になったとされている。

［7］　アラビア語で「私たちの家」の意。

［8］　「フランスの委任統治庁の取った方法に関しては、グーロー将軍、ウェイガン将軍、カレイ将軍が相次いで高等弁務官として、一九二〇年から一九二六年まで戒厳令の助けを借りながら統治したことを思い起こせば充分である。彼らは皆、同じ動機から計画的に、異なった宗教共同体を互いに反目し合うよう掻き立てることに努めた。そして、一九二〇年九月一日、ベッカー高原、ティルス、シドン、そしてトリポリを含めた「大シリア」の独立を宣言したのは、この政策の一環としてであった。この抑圧体制は、レバノンとシリアの諸地域でさまざまな規模の反乱を引き起こした。一九二五年七月、急速に民族主義的性格を帯びてきたドルーズ族の反乱が起きた。この反乱はダマスカスを占拠し、そこを越えてホムス、ハマ、トリポリへと拡がり、ベイルートにまで波及した。フランスの弾圧は特別に残忍なものであり、二回にわたって首都に砲撃をかけ、蜂起した村々に対して集中的に戦闘機を使い、アルメニア人とコーカシア人の部隊の組織を即座に送り出した。彼らは反乱者に対して恐るべき虐殺と略奪にふけった」（ナタン・ワインストック『アラブ革命運動史』、北沢正雄・城川桂子訳、柘植書房、一九七九年、七九―八〇頁）。ジュネの入隊体験についてはクロード・モーリヤック「パリ、一九七二年十二月十五日金曜」（尾形邦雄訳、『GS』5 1/2号「ジュネ・スペシャル」、UPU、一九八七年）参照。

［9］　一九一七年十一月二日、イギリス外相バルフォアがロスチャイルド宛書簡のなかで「パレスチナ内にユ

ダヤ人の民族的郷土《ナショナル・ホーム》」を設立することを認めたいわゆる「バルフォア宣言」のこと。

［10］　旧《アンシャン》フラン。

［11］　ハンナ・アレント（一九〇六―一九七五）は独自の存在論的前提から人間の諸活動を労働／製作／行動に峻別し、この最後のもののみが本来的に政治と呼ばれる領域を構成すると考えた。「労働」が「人間の身体の生理過程に対応する」もの、「製作」が芸術作品に端的にみられる「世界」の形態化、客体化であるのに対し、「行動」とは「イニシアティヴを発揮すること」「企てること」「始動させること」であり、「対象や素材を介さずに人間どうしを直接関係づける唯一の活動」として「複数性という人間的条件に対応する」ものである（『人間の条件』）。従って「行動」はなによりも政治決定への直接参加の謂であり、この「参加への自由」の発現としての「公共空間」の創設をもって「革命」の最小限の定義とし、「隷属からの自由」を目的とする「解放」と区別した。この規準に従って、アメリカ独立宣言が不可譲の権利の一つとして定立した「幸福の追求」をフランス革命が中心課題とした「社会問題」に対置し、後者が政治領域（行動）への経済過程（労働）の介入ゆえに美徳と倫理的命法の支配する恐怖政治へと変質したのに比べ、前者においては「自由の創設」としての革命の本義が一時的にせよより明確に実現されたとした（『革命について』）。

［12］　『クルアーン』における厳格な偶像崇拝の禁止にもかかわらず、預言者ムハンマド（モハメット）の死後、彼の「聖遺物」に対する崇拝は広く行なわれた。「イスラム世界の首都となったコンスタンチノープルでは、こうした聖遺物をいくつ持っているかが自慢の種となった。彼の鬚が二本、小さな袋を四十も重ねたもののなかに納められていて、信者におごそかに拝観が許されるのは一年に一度だけだった」（マクシム・ロダンソン『ムハンマド』、スイユ、一九六一年、三四七―三四八頁）。

「彼がベイルートに着いたのは一九八二年の九月のある土曜日［日曜日の誤り］でした。次の週の木曜、サブラとシャティーラの虐殺が起きました。報道関係者より前に金曜の夜虐殺を知った私たちは、彼らに知らせて土曜［日曜の誤り］の朝ジャーナリストを装って一緒にキャンプに入りました。彼はキャンプに四時間いました。西ベイルートに戻ると、ジャンは帰りたいと言いだしました。非常に強いショックを受けていて、赤ん坊のような肌がまっ赤に日焼けしていました。私は不安でした。来る時も相当つらい旅路でしたし帰りも同じことでしょう。ダマス経由で帰るほかはありませんが、それにはイスラエル軍の検問を通過しなければなりません。兵隊を挑発しないようにと言うと、「大丈夫、ノートは破いて水洗便所に流してきたから」という返事。いっぺんに血の気がひいてしまいました。「どうして渡してくれなかったのよ。後で送ってもらうことだってできたのに」。むっとして彼は言い返しました。「あんな重大なものを見たのに忘れるわけないじゃないか。ノートなんかなくたって」。これを聞いて、私は彼が書く気でいることを本当に知ったのです。」（ライラ・シャヒード、『リベラシオン』一九八六年五月二十六日掲載のインタヴューより）

五年が経った。ベイルートで、南レバノンで、被占領地及びイスラエル―パレスチナで、虐殺は今も続いている。九月初め、多くの死傷者を出した南レバノンのパレスチナ・キャンプ爆撃の後、これは何に対する報復なのかと問われて、イスラエル当局者は平然と答えている。「とりたてて報復というわけではない。テロリスムを予防するための通常の作戦である」……。

当時七十二歳だったジャン・ジュネが世を去ったのは昨年（一九八六年）四月十五日、没後に出版された

『恋する虜』は日本でも徐々に注目を集めつつある。だが、仮に八二年のベイルート体験がなかったとしたら、『恋する虜』はずい分と異ったものになっていたに違いない。おそらくはタイトルさえ別のものだったろう。遅くとも八〇年頃には晩年の放浪体験の作品化に手を染めていたと思われるジュネの思いを、再度パレスチナへと、大きく激しく傾けたものがイスラエルのレバノン侵攻であり、虐殺直後のシャティーラ・キャンプでの四時間の彷徨だったことはまったく疑いを入れない。この意味でも「シャティーラの四時間」はきわめて重要なテクストであり、レバノンの作家・ジャーナリスト、エリヤス・ホーリィが、この作品において「彼［ジュネ］は創造という熱病、言葉となる以前に体のなかで野営しているあの恐怖との再会を果たしたのだ」（「証言する言葉」、『バラカ』七―八号、一九八六年五月）と述べているのは至当だろう。同じ筆者によれば、「フランス文化の最後の代表者の一人によるこの類いまれな証言は、温情主義＝植民地主義の伝統との断絶」の瞬間の記録でもある。このような原文の質が、拙訳を通じていささかでも転移され得たとすれば、それこそ望外の喜びというほかはない。

　このテクストについて語りたいことは多いが、『恋する虜』の日本語訳刊行時を期してこれ以上贅言を費やすことは控え、今はこのささやかな作業を、日本の地で政治暗殺に斃れた人々、とりわけ佐藤満夫、山岡強一、小尻知博の各氏に捧げたい。追悼文集I『地底の闇から海へと』によれば、山岡氏には『泥棒日記』を愛読された時期があったという。

　なお、訳出にあたって以下の文献を参考にした。

―パレスチナ・ユダヤ人問題研究会編『パレスチナ――現在と未来』、三一書房、一九八五年

―広河隆一『ベイルート大虐殺』、三一書房、一九八三年
―同「ボン国際公聴会報告」、『インパクション』三五号、一九八五年
―ナタン・ワインストック『アラブ革命運動史』、北沢正雄・城川桂子訳、柘植書房、一九七九年
―Xavier Baron, *Les Palestiniens—un Peuple*, Le Sycomore, 1984.
―Amnon Kapeliouk, *Sabra et Chatila—Enquête sur un massacre*, Seuil, 1982.
―Maxime Rodinson, *Mahomet*, Seuil, 1961.
―Jacques Thobie, *Ali et les 40 voleurs—impérialismes et moyen-orient*, Messidor, 1985.
―*Peuples méditerranéems* no 20, « Liban : remises en cause », juillet-septembre 1982.
―*Rapport de la commission Kahane*, traduction de l'hébreu et de l'anglais, Stock, 1983.
―*Revue d'études palestiniennes*, n° 5 (automne 1982) et n° 6 (hiver 1983).
―« Une rencontre avec Jean Genet » in *Revue d'études palestiniennes*, n° 21 (automne 1986).［本書所収「ジャン・ジュネとの対話」］

一九八七年九月十八日

ジャン・ジュネとの対話

ジャン・ジュネ＋リュディガー・ヴィッシェンバルト＋ライラ・シャヒード・バラーダ

梅木達郎訳

対話は一九八三年十二月六日、七日に、ライラ・シャヒード・バラーダの参加をえて、オーストリア・ラジオとドイツの日刊紙『ディー・ツァイト』の企画で録音された。ここに収めたのは、『パレスチナ研究誌』に発表された対話の全記録である。

リュディガー・ヴィッシェンバルト〔以下R・Wと略〕—— ジャン・ジュネさん、あなたがウィーンに来られたのは、サブラとシャティーラについて、そして一年前にそこで起きた虐殺について意思表示するためです。現在、中東情勢は非常に緊迫しています。[1] アラファトはトリポリで包囲されています。アメリカとシリアのあいだに大きな衝突が起きる危険もあります。こうした意思表示には、またあなたがこうした状況に政治参加することには、どのような効果が見込まれるのでしょうか。

ジュネ—— もちろんたいしたものではない。ただ、オーストリアが、特にクライスキー首相[2]が、アラファトをPLOの、つまりパレスチナ人の代表と認めたという事実は、重大な意味をもっている。それが認められたからこそ、私はここに、国際進歩機構[3]から招待されて来ているのだ。けれども私は、自分がしているような単独の介入には限界があることも承知している。

R・W――サブラとシャティーラで虐殺が起きたとき、あなたがベイルートにいたのは多少とも偶然からであったと言われています。あなたはどうやってシャティーラの難民キャンプにたどりついたのですか？　そしてそこでなにを見たのですか？

ジュネ――いや、私がそこに居合わせたのは偶然からではなく、『パレスチナ研究誌』[4]に招待されていたからだ。私とライラ・シャヒードは、一緒にベイルートに向けて発った。もしよければ、私の滞在中に起きたことを時間に沿ってたどりなおしてみよう。われわれは一九八二年九月十一日にまずダマスに到着し、ついで陸路からベイルートに九月十二日に入った。それから九月十三日月曜日に、ベイルートの街を訪れた。そのことを言っておきたいのは、ベイルートではわずか三十あまりの家屋が壊されただけだとする、シャロン将軍の発表をどうしても訂正しておきたいからだ。[5]これはまちがっている。彼が三十という数字にこだわるなら、損害を受けなかった家屋がおそらく三十軒ぐらいだったと私は言っておこう。それほどベイルートの街全体がやられていた。家の南面がなんでもなくても、北面や側面、ときには中央部がやられていた。とにかく、ベイルートのすべての建物が、シャロン氏が三十という数字にこだわるのだから三十軒をのぞいて、破壊されていた。

そういうわけで、この月曜日、私はベイルートを見てまわった。火曜日に、バシール・ジュマイエル[6]が暗殺される。彼が殺されると、人びとはこの殺人をＣＩＡによって、またモサド[7]によって仕組まれたものとした。本当だろうか？　私には、おそらくあなたも同様だろうが、分からない。その翌日、イスラエルの軍隊が美術館前の道路を越えて、西ベイルートの別の場所を通って、とくにサブラ、シャティーラ、ブルジュ・バラージュネのパレスチナ・キャンプを占領した。イスラエル軍がこの占領に与えた口実は、虐殺を防ぐというものだった。ところが虐殺は起こってしまった。イスラエル人たちがこの虐殺を望んだと言えるかどうかはむずかしい。私にははっきりしたことは言えない。彼らは虐殺がおこなわれるのを放置したんだ。虐殺は彼らの――言ってみれば――後ろ盾のもとにおこなわれた。というのも、彼らはキャンプを照明で明るくしていたからだ。サブラの、シャティーラの、ブルジュ・バラージュネのキャンプを照らし出した。照明弾を打ち上げるのは、そこに自分の姿を認め、民兵たちを助けるためだ。そしてイスラエル派の民兵たちこそは、まぎれもなく、虐殺をおこなった張本人だった。

R・W―　あなたは虐殺からほとんど時をおかずに、シャティーラ・キャンプに入りました。なにを見たのですか？

ジュネ―　私がシャティーラのキャンプにいたのは、九月十九日の日曜日、つまり虐殺の翌日のことだ。ただ、この話を聞いてくれる人たちにも、その場の地形が目に浮かぶように説明したいと思う。私はこの日曜日の前に、シャティーラのキャンプに入ろうと試みた。ところが、お分かりだろうが、サブラ、シャティーラ、ブルジュ・バラージュネに通じる入口がすべて、つまりアッカ病院の正面にある入口が、メルカヴァ戦車、つまりイスラエルの戦車によって封鎖されていた。虐殺が実際に起こり、みんなが死ぬか、死に瀕するか、負傷するのを待ってはじめて、イスラエル人たちは立ち去ったわけだ。そしてレバノン軍にキャンプを明け渡した。衛生上の理由からだ。つまり、レバノン軍が、死者を埋葬し、まだ治療の見込みのあるものたちがいれば手当をするためだ。そして、まさにこの時にはじめて、私はなかに入ることができたんだ。つまり、イスラエル軍がレバノン軍に権限を委譲した時だ。日曜日の、十時から十時十五分まで、どちらの軍の支配下にあるともいえない時間があって、その時に入ることができた。

R・W――シャティーラを訪れたあと、ほかのパレスチナ人やレバノン人、あるいはまた目撃者となったキリスト教徒たちと話すことができたのでしょうか？

ジュネ――もちろんだ。自分の知っているわずかなアラビア語、わずかな英語、それから時にはフランス語で話した。もちろんそうした。生き残ったものや負傷者とも話したし、なんとか生きながらえてどこかに身を潜めていた女性や、うまくキャンプの外に逃れて日曜日の朝に戻ってくることのできた女性もいた。もちろん話をした。

R・W――責任問題をめぐって、イスラエル議会による調査がありました。あなたが見たことや、その場で調査したことは、議会による調査の結果とだいたいにおいて一致するのでしょうか？

ジュネ――私がそこを訪れた目的とその調査の目的(8)は同じではない。調査の目的は――報道を読んだかぎりだが――、人から聞いたところでは、それにはイスラエル人も含まれるが――イスラエルのイメージを救うことだった。よろしい。イメージなどに関心はない。私はあなたになにかイメージを与えようとは思わない。そんなものは、別のところに行けばかき消えてしまうものだ。たとえばシリアとか、あるいはドイツに行ったり、南アメリカに行ったりすれば。だからイメージなど、私はまったく意に介さない。さて、調査がイスラエルによっておこなわれた。それはあるイメージを救おうとするためだった。私はなにもそんなことのために行ったのではない。私が行ったのは、ある現実を見きわめるため、政治的な現実と人間的な現実を見分けるためだった。だから、私にはイスラエル側の調査の目的について云々することはできない。その調査は、私に言わせれば、虐殺の一部をなしているものだ。わかりやすく言うと、あるイメージを汚す虐殺があった。そしてこの虐殺を消し去るような調査がおこなわれた。分かってもらえただろうか？

R・W――それからというもの、状況は大きく変わりました。アラファトがトリポリで降伏するのは時間の問題にも思われます。あなたは最近、PLOと接触されましたか？　現在の状況をどう思われますか？

ジュネ――ここに、私のそばにいるこの仲間(9)はPLOの一員だ。だから私は、PLOと直接かつ恒常的に接触しているわけだ。あなたがアラファトの降伏について云々するとは、私にとって驚きだ。だって、アラファトはまさしく降伏していないからだ。トリポリで監獄——そう言いたければ、危険な監獄——に囚われていながら、彼は、四千五百人のパレスチナ捕虜を解放し、イスラエルに六人の戦争捕虜を返還することのできる手段を見出している。(10) それなのにどこに降伏があるというのか。どこに降伏という言葉を使う必要性があるというのか。

R・W— 私が言いたいのは、現在アラファトは包囲されているということです。一方ではPLO内の反対派を支援するシリア軍によって包囲され、他方では背後に海がひかえている。いま彼は、国連軍の庇護のもとにトリポリを出ることを交渉しています。これはやはり厳しい状況です。

ジュネ— 状況は厳しい。だがこうした状況は、革命運動にはいつだってつきものだ。革命の内部には、革命運動には、いつも分裂がある。この分裂、というか、おそらくシリアによって引き起こされてできた分裂とみえるものは、さほど厳しいものではない。アラファトと四千五百人の戦闘員にトリポリを出るのを許可せざるをえないのは、まさしくシリアの方だ。

R・W— いったいなにがあなたをPLOにこれほど深く関わらせているのでしょうか。以前には、アメリカのブラックパンサーや西ドイツ赤軍派を別にすれば、ある政治グループや政治運動に対してこれほど具体的に加担するということは、やはりきわめて稀でした。

ジュネ— 私にそうさせているのは、まず第一に自分の個人的な歴史があるからだが、それについてここで語るつもりはない。そんなものにだれも興味は示さない。もしもっと詳しく知りたいというのであれば、私の本を読めばいいだけのことだ。それはたいしたことではない。ただこれはあなたに言っておこう。これまで私が書いた本は――私がものを書くのをやめてほぼ三十年になるが――、夢や夢想に属するものだった。この夢や夢想のあとに生き残った私は、生の充実のようなものを得るために、行動のなかに入っていかなければならなかった。いま聞いたところ、あなたはブラックパンサー、ドイツ赤軍派、パレスチナ人の名前を挙げている。単刀直入に言えば、私は私の介入を求めてきた人びとのもとへ飛んでいったんだ。ブラックパンサーのメンバーがパリに来て、アメリカに行くよう求めた。私は即座にそうした。クラウス・クロワッサン(11)の方からやってきて、バーダーを支援するためになにかしてくれないか求めてきた。十年前にヨルダンに行かないかと私に求めてきたのもパレスチナ人たちだ。一年前に私にベイルートに行こうと言ったのはライラ・シャヒードだ。当然ながら、私がおもむいた先は、反抗している人民のもとだった。しかしそれはごく自然なことであって、私自身がこの社会全体を問いただす必要を感じていたからだ。

R・W――では、反抗者ジュネ、戦うジュネというわけですね。

ジュネ――まあ聞いてほしい。一九六七年に――どちらが戦争を仕掛けたのか分からない、それがナセルか、それともイスラエルか、決めようとは思わないが――、私はイギリスにいた。それで、フランスに戻ろうと列車に乗った。そんな具合に、列車に乗ったんだ。私の車室にはイギリス人しかいなかった。それで「いったいどこに行くんです?」と聞いてみた。彼らは「イスラエルを助けに」と答えた。みんなユダヤ人だった。危機にあるイスラエルをイギリス人が助けに行くとなら、あなたにも十分納得できると思うがどうだろう。ではなぜあなたは、私が危機に瀕した人びとを助けに行く理由をたずねるのか。イギリスのユダヤ人とイスラエルのあいだには類縁性がある。パレスチナ人、パンサー、赤軍派と私のあいだにも類縁性がある。私がそうした人びとを助けに行くのは当然のことだ。私の助けなど、たかがしれている。七十三歳にもなる人間には、反抗する若い人民をそんなに助けることなどできないからね。それでもやはり、自分のできる範囲で、支援している。

R・W—— どんな類縁性があるのでしょうか、PLO、ブラックパンサー、赤軍派そしてあなたのあいだには?

ジュネ—— イギリス人と、一九六七年に戦争に突入したイスラエル人とのあいだにどんな類縁性があるのだろうか?

R・W—— あなたが「シャティーラの四時間」というテクストや、もちろんそれに先立つ著作のなかで、いつも語っているのは、あなたが見たもののなかにある美しさです。たとえそれが、レバノンで生じていることのなかで死を思わせる悲劇的な位置にある美しさだとしてもです。私があなたに、なぜレバノンやパレスチナに行くのか尋ねたことの理由は、そこにもあります。

ジュネ――私は銀行にも行ったことがある。だが美しさを感じさせる銀行員というものには、一度もお目にかかったことがない。それで私は思うんだが、あなたの言う美しさとは――それは私にとっても問題であり、だから自問しているんだが――、あなたが語り、私がその本の中で語った美しさとは、反抗する者たちが失っていた自由をふたたび取り戻したということから来るのではないだろうか。うまく説明できなかったかもしれないが。

R・W――分かります。少しは。

ジュネ――そうか……

R・W――その美しさはどこにあるのでしょう？　そしてその自由は？

ジュネ――革命家の美しさは、身軽な無造作のようなものをとおして、さらには自分たちを虐げた人びとに対する不敵な態度をとおして見えてくる。あなたがいま話している相手は、七十三年もの歳月をフランスで、つまりかつて広大な植民地帝国を有していた国に生きてきたということを忘れないでほしい。個人的なことになるが、私は押しつぶされてしまった。その理由はあまり説明したくはない。とにかく、フランスという概念によって私は押しつぶされてしまった。それでごく自然ななりゆきで、私に賛同を求めに来た反抗する人びとの方へと私は向かっていった。私の言う美しさは、もっともそれにあまりこだわるべきではないが――誤解を避けたいからでもある――、この美しさは、かつて奴隷だったものが奴隷の境遇、服従、隷属から自分を解き放ち、フランスからの自由を、黒人ならアメリカからの自由を、パレスチナ人ならいわばアラブ世界全般からの自由を獲得しようとするところにある。

R・W―　二つの超大国のあいだで政治がおこなわれてしまうという現在の世界にあっては、それはむなしい期待であり、チャンスも希望もないのではないでしょうか？

ジュネ―　その質問に答えるにはじっくり考えてみなければならないが、あなたは考える時間を与えてくれない。当然ながら、最低四、五日はよく考えてみなければならないだろう。ただあなたは超大国という言葉を口にした。そのとおりだ。だが二つの超大国は、ある人びとには、下位の大国の支配から自分を解放する余地を残しておいてくれる。そんな希望はむなしく、そんな期待はもてないとあなたが言うなら……すぐに私の頭に浮かぶ返答は、ほとんど意地悪なものとなる。この世でむなしくないものなどなにがあろうか？　今度はあなたに私から質問する。つきつめればむなしくないものがあるだろうか？　あなたはやがて死ぬ、私も死ぬし、彼ら彼女らも死んでいく……。そういうことだ……。

R・W―　私には答えようがありません。

ジュネ―　そうだろう。なのにこれから十分間で私に答えろとでも言うのかね？

R・W―　いいえ。昨年あなたがレバノンにいたときのことですが、あなたはパレスチナの雑誌の取材で滞在しながら、自分をときに傍観者のように感じることはありませんでしたか？　というのも、厳密に言って、あなたが目撃したものはあなたの戦いではないからです。なんといっても、あなたはパレスチナ人ではないわけですから。

ジュネ――ええ、まさにそのとおり。はっきりさせておこう。パリのパレスチナ人代表がヨルダンに行かないかと私に言ったとき(12)――もう十三年前にさかのぼる――、じつのところパレスチナ人民というものを、フランスの新聞や雑誌でしか知らず、私にはいささか遠い存在だった。私はどこに行くのかと尋ねた。ここで思い出を話しておこう。私はデラアにいた。シリアとヨルダンの国境にある小さな町だ。パレスチナ勢力とヨルダン軍のあいだで毎日戦闘があったところだ。PLOが小さな家を一軒買ったか借りたかして、それを病院のようにして使っていた。そしてこの病院に、パレスチナ人に同行してそこに身を預けた私のような外国人を受け入れていた。あなたの言うとおり、私ははじめ傍観者だった。私は傍観者としてそこに着いた。部屋に入ると、しばらくしてから、そこにいた人が――ちょうど今しがたのように――コーヒーを飲まないかと私に聞いてきた。一杯入れて持ってきてくれたんだが、そのとき私は、パラシュート部隊の戦闘服を着てベレー帽をかぶった二人のパレスチナ人を見たんだ。彼らはほほえみを浮かべ、笑いながら、のどを鳴らすアラビア語で話していた。二人は二つの箱の上に肘をついていた。笑いながら、指で箱をトントン叩いていたのを覚えている。その指は先がとがり痩せていて、それがなにか確信のようなものをこめて箱を叩いている(13)。外に出るときにその箱をよく見てみると――彼らは二つの棺桶に寄りかかって話をしていた。実際に、ふたりの死者が、よそから運ばれてくる二人のパレスチナ人の死者が来ることになっていた。死体は袋に入れて運ばれ、さっきの箱に入れられた。こんなことを話したのは、それが私にとって、パレスチナ人についての第一印象だったからだ。で、私はすぐに、そう、ほとんど即座に、パレスチナ人たちの動作の重みに、その真実に打たれたんだ。パリを出たとき、私にはまだ文学に描かれたオリエントのイメージが残っていた。新聞でオリエントについて語っていても、それはまだまだ文学的で、人が引き合いに出すのは——『千夜一夜物語』とまでは言わないまでも、まあほとんどそんなところだった。すでにアラブの国のことは知っていたものの——私は十八歳のときにすでに、ダマスの市場を歩きまわっていたものだ——、じつのところ、それはオリエント、伝統的なオリエントだった。それが今度は、四肢のそれぞれの動作がある重みをもつ、現実の重みをもつ、そういう人びとを私は見た。そこには現実の、リアルなものの重みがあった。全アラブ諸国から煙草が送られてきていた。その一本たりとも、ぞんざいに火をつけられたり、吸われたりすることはなかった。煙草の一本にもそれなりの意味があった。アラブの女が泉から汲んだ桶一杯の水にも意味があった。人は彼女の桶を見、水を見、女を見た。つまり、私がいまも感じており、そしてほとんどその日にすぐ感じたのは、この人びとはアラブ世界ではじめて自分自身との関係をもったということ、それも現代的な関係をもったということだ。そしてその反抗も現代的なものだ。

R・W── 私が強い印象を受けるのは、われわれがたとえばヨーロッパで、パレスチナやレバノンにおけるパレスチナ人とアラブ人の、あるいはパレスチナ人とイスラエル人の戦闘のニュースを聞いて感じる、非現実的とでも言えるような側面です――戦闘の犠牲者のことを耳にするのは、ほとんど習慣と化してしまいました。そして、たとえばサブラとシャティーラの虐殺といった、じつに注目を集める事件があってはじめて、現実の死者がいること、死にかけ、死んでしまった、殺された人びとが問題であることが納得されるのです。たんなる傍観者であるわれわれが持ってしまうこうした非現実的な見方についてどう思われますか？

ジュネ── そうだね、私がパレスチナ人のことを取り上げていろいろ言っているのは、なにもあなたがたの非現実感のためではない。むしろ私にしてみれば、すべてを非現実に変えてしまうあなたがたのことを強調しておきたい。あなたがたがそうするのは、そのほうが受け入れやすくなるからだ。現実のキャンプに本物の手紙を運ぶ女よりも、非現実的な死者、非現実的な虐殺の方が、結局は受け入れやすいものだ。虐殺を受け入れ、それを非現実的な虐殺に変えてしまうのは、とりわけあなたのような人ではないかね。きのうあなたはライラ・シャヒードのもたらした虐殺された人びとの写真(14)を見たわけだが、あなたはその時はじめて本物の、スタジオで撮られたのではないドキュメントを見たということも、あながちありえないことではない。というのも、あなたがたの新聞、挿絵やジャーナリストの描写によって伝えられているあらゆる資料が、あたかもスタジオで撮影されたごとくに見られているからだ。きのうあなたが見た写真はハリウッドから来たものではない。

R・W――レバノンにいたときに、パレスチナ人たちがあなたを受け入れてくれないことは一度もなかったのでしょうか?

ジュネ――ブラックパンサーでもパレスチナ人でも、そう感じたことはまったくない。そんなことは一度もなかったと思う。私がそこにいるのを彼ら彼女らが一度でも拒否したことなどないと、確信しているぐらいだ。パレスチナ人たちが私を受け入れてくれたとき――キャンプ内ではなく基地のなかで、つまりイスラエルに面したヨルダン川のぎりぎりの境で――それはとても温かみのあるものだった。だから私には、一瞬たりとも自分が拒否されたとは思えない。

いまにしてみれば、パレスチナ人たちが、なにも隠そうとしていたわけではないが、自分の方から私に言わなかったことが、二つか、あるいは三つぐらいある。それは電波の周波数と、重火器の保管場所と、外国にいるパレスチナ人や「サウジアラビアの」ファイサル国王から受け取った資金だ。それ以外については、なにも隠し事はなかった。

R・W――こうした事柄に関わり合いになるということは、あなたにとって個人的にも重要だったのですか?

ジュネ――ええ。まず言っておきたいのは、あらゆる基地内での移動を私に許可する手紙にサインしたのがアラファト本人だったということだ。最初彼は、その手紙にファタハの名前でサインしたいと言ってきた。私はこう頼んだ。「いや、この手紙にはＰＬＯ議長としてサインしてほしい」。彼はちょっとためらったが、最終的には、ＰＬＯ議長として手紙にサインしてくれた。それがあったから、私はファタハだけでなく、ＤＦＬＰ(15)［パレスチナ解放民主戦線］に行ったり、ジョルジュ・ハバシュと一緒になったりすることができた。実際にそうしたし、他の人間と一緒になったこともある。とにかく私はどこにでも行くことができた。もう一度言うが、基地内でたった一人になることもあったが、それでも出会ったパレスチナ人たちは私の書類を見せろと要求することはなかった。小さな一団と出会ったときなど、彼らはまずこう言ったものだ。「お茶を飲まないか」。リーダーが言うんだ。そしてお茶を飲み、食べ物を差し出してくれてから、はじめて彼らは「君はここを歩きまわる許可を得ているのか」と聞いてくる。それで私はアラファトの手紙を見せるというわけだ。

R・W──人びとは作家ジャン・ジュネのイメージを孤独な人物として描いています。ところがパレスチナ人やブラックパンサーと出会って、あなたは複数の人間による集団を、非常に結束の強い集まりを求めています。そうしたものにあなたは心惹かれたのでしょうか？

ジュネ──そう、そうだ。なぜかというと……。ここでほんの少し私の個人的な話をしておこう。こう言ってよければ、私は監獄で五冊の本を書き始めた、六冊ではない、五冊だ。創作するとは、つねに子供の頃を語ることだ。それはいつだって懐古的《ノスタルジック》なものだ。とにかく私の書いたものはそうだし、現代の書き物はもっぱらそういうものだ。あなたなら私同様、いやおそらく私以上に、プルーストの作品全体の最初の文がこうはじまるのを知っているだろう。「長いあいだ、私は夜早く床に就いた」。それからプルーストは自分の子供の頃のすべてを語り、それが千五百ページないし二千ページも続くんだ。さて私がものを書いていたのは三十歳の時、そのころ私は書きはじめた。書くのをやめたのは、三十四歳か三十五歳の時だ。ただ書かれたものは夢の内容だった。とにかくそれは夢想だったんだ。私は獄中でそれを書いた。いったん自由になると、私は自分を見失った。そして私が現実に、現実世界のなかで自分を取り戻すためには、ブラックパンサーとパレスチナ人という二つの革命運動がそこになければならなかった。そしてやっと、私は現実世界に身をゆだねた。つまり今日やるべきはこれであって、きのうやったことをしてはならないという具合に、現実の世界に合わせて行動しなければならず、言葉の文法の世界に合わせるのではない、ということだ……。現実の世界と夢想の世界を対比するとしてのことだが。もちろんもっと分析を押し進めていけば、夢想もまた現実世界に属していることが分かってくる。夢もまた現実だ。ただ、夢想に対してはほとんど制限なしに働きかけられることも知られている。ところが現実には無制限に働きかけるわけにいかない。異なる規律が、文法をあやつる規律とは違うものがどうしても必要となってくる。

R・W——すでに申し上げたことですが、私は「シャティーラの四時間」というテクストを、ただ証言としてのみならず、また小説のようなものとして読みました。私が言いたいのは、現在の中東についてなにか小説のようなものが書かれうるとすれば、このテクストこそ、そうした小説の内容を含んでいるのではないか、ということです。でもあなたはおっしゃいましたね。「いや、いや、いや、あれは小説ではない。私は実際にそこにいたんだ」。

ジュネ——小説ではないと言ったのは、私にとって小説という語がすぐさま夢想へ、非現実へとつながっていくからだ。『ボヴァリー夫人』は小説だ。その意味では、あれは小説ではない。小説という語が一つの文学ジャンルを示すために用いられているかぎりで、あれは小説ではない。

R・W——そうは言っても、あのテクストの書きぶりには、やはり年代記作家、文学者ジュネを思い起こさせるものがあります。

ジュネ——そこにはパレスチナの世界も感じられるだろうか?

R・W——もちろんですよ。

ジュネ——ならばよろしい。

R・W——言うなれば、パレスチナの世界も感じられるし、またそれを描いた人物も感じられます。

ジュネ——よろしい。では一つだけ言っておきたい。ドガは画家だったが、ソネットをつくったことがある。それをマラルメに見せたが、マラルメにはひどい出来に思われた。で、ドガはマラルメに言った。「けれども私はそこにたくさん思想を盛り込んだのですよ」。するとマラルメが答えた。「詩は思想でつくるのではなく、言葉でつくるものだ」。私がつくったあの短い話も、自分の思想でつくったわけではない。それを私は自分の言葉でつくった。ただそれは、私のものではない現実を語るためだった。

R・W——それでも質問させてください。あなたにとって、文学者の証言とレポーターがもたらすような証言との大きな違いは、どう位置づけられるのでしょう？　あなたは、三十年前に書くのを止めたという事実を強く強調されていますが。

ジュネ——三十年前の本を読んでくれと頼む気はないが、読んでみればあなたもそれが同じ書き物ではないということが分かるだろう。しかしまた、語っているのは同じ人間だということも。

R・W——シャティーラをめぐるこのテクストのなかには、パレスチナの世界が感じられますし、人物たちが目に浮かびます。そこに描かれている美しさはこの人びとの自由の感情のなかにあると、あなたはおっしゃいましたね。

ジュネ——待っていただきたい。それだけではない。話の最初で、私は動作がもっている重み、有効性、その重力のことを強調しておいた。それがあの美しさを与えるのだ。今度はこちらからあなたに質問しよう。美しさは現実の方にいっそう存在するとは感じないだろうか？　画家はなにを求めるのだろう？　レンブラントであれ、フランツ・ハルスであれ、セザンヌであれ。みんな現実の重みを探していなかっただろうか？　そうではないだろうか？
　そして彼らはその重みを見出した。私がいま挙げた人びとにとっての重みだ。ところがアラブ世界全体には重みがないとあなたには感じられないだろうか？　それが警察的とさえ言える独裁体制によって支えられているのだと？　あなたに聞いているのだ。

R・W―私はアラブ世界を旅したことがありません。よく知らないのです。

ジュネ―だから、パレスチナ人たちは、反抗において、まさしくあの重みを――こういう言い方はあまりにも文学的かもしれないが――セザンヌの画布の重みを身につけた。じつにどっしりしている。パレスチナ人の一人一人が真実だ。セザンヌのサント・ヴィクトワール山のように。あの山は真実で、あれはそこにある。

R・W―なぜあなたは文学的すぎるのを恐れるのですか？

ジュネ―というのも、あなたの番組であるこの対談によって、私が三十年前にあと戻りさせられるのを恐れるからだ。

R・W―ライラ・シャヒードがいまこんな質問をしてきました。あなたにとって、三十年前の本といまのあいだにどんな違いがあるのでしょうか？

ジュネ―本の中では、監獄にいたころは、私は自分の想像力の主人だった。私は自分が働きかける要素を支配していた。というのも、それはもっぱら私の夢想だったからだ。ところがいまは、自分が見たものの主人ではない。私はこう言うしかない。「縛られ、つながれた男たちを見た。指を切り取られた女を見た！」現実の世界に自分を従わせるほかはない。ただそれは、いつも昔の言葉で、私の言葉でそうするのだが。

R・W—あなたの劇ではとくに、登場人物たちが尊厳を、誇りを、すべて失ってしまうような印象を受けます。このシャティーラについてのテクストで人を打つのは、あなたが描いている人びとの尊厳を探求するさまです。そこにも深い違いがあるのではないでしょうか？

ジュネ—私の劇のことにふれるなら、どの作品が問題になっているか言ってもらえないだろうか。

R・W—私の念頭にあるのは、とくに『バルコン』のことです。

ジュネ—なるほど。『バルコン』を書いた目的は——気晴らしということもあったが——まずは契約を果たすということがあった。知ってのとおり、私は注文を受けた。たくさんお金を受け取ったので、私は書かねばならなかった。だが同時に、私はどこにでもあるような世界を描いたのではなく、西欧世界の肖像を描いた。『バルコン』でどんなテーマが扱われたかを思い出してほしい。テーマは売春宿だ。『バルコン』の客である高官たちはそれぞれ、自分の威厳を、それも見た目の威厳を、司教や将軍や裁判官の威厳を売春宿に探しにやってくる。

R・W—それはまた、コスチュームの威厳です。

ジュネ—もちろんだ。

R・W――あなたがパレスチナ人について書いたものは、また一緒に体験したものは、まったく違う尊厳ではないでしょうか？

ジュネ――完全に違うものだ。ヤセル・アラファトのケフィエについて話そうという気にはなれない。[16] ケフィエを被ったヤセル・アラファトについてなら、いろいろ気がついたことがある。知ってのとおり、アラファトの頭は禿げていて、髪がない。ケフィエには縁飾りがある。で、よく思い出すのだが、彼はこんな風に、まるで縁飾りが髪の毛であるかのように扱っていたものだ。私はいまこうやってあなたに話しているが、アラファトがケフィエを扱う仕方についての劇を書くことなど、思いもよらないだろう。一人の司教ならば、あるいはいまの法王でさえも、すべては衣装のなかにある。アラファトはケフィエのなかにはいない。もっとほかのところにいる。ところがあなたや私のような服を着た法王など想像できるだろうか！

R・W――このテクストに見出され、姿をあらわすのは、ほとんどモラリストであるようなジャン・ジュネです。

ジュネ――私についてそう言うのはかまわないが、モラリストと道徳家を混同しないことだ。

R・W――あなたの文学作品は、あなたにとっていまだ重みをもつ個人的な過去なのでしょうか？今日もあなたは仕事をし、旅行し、ものを書いているわけですが。

ジュネ――そうするとあなたは、私がいま芸術作品を否定するのかどうか尋ねているわけだ。あるいは書くことでもいい。もちろんそんなことはない。私が一年前に、話題になっているその小さな話を書くことができたのも、かつて書いた本のおかげではないが、本を書くように私がそこへと導かれ、そこに自分の身をおき、私のものとなった構えのようなものがあったからだ……。もし自分に対するこうした働きかけがなかったら……。あなたが言ったように――それももっともだが――私が傍観者としてきたというのはおそらくそのとおりだ。あなたは「私が傍観者ではないのか」と尋ねた。実際、ごく若い頃にすでに、私には人生がすべて閉ざされているのが分かっていた。学校には十三歳まで行った。公立小学校だ。会計係か小役人になるぐらいが関の山だった。だから私にはすでに構えができていて、それは会計係になるようなものでもなく、作家になるような構えでもなく――作家のなんたるかをまだ知らなかった――、そうではなくて世界を観察する構えだった。世界を変えることができないので、私は世界を観察していた。すでに十二か十五歳で、私は自分のうちに将来の観察者、つまり将来なるだろう作家を創りだしていた。そして自分に対しておこなったこの働きかけが、まだ残っている。

R・W――先ほどお尋ねしたのですが、超大国のあいだでこれほど分割されてしまっている世界において、革命に、あるいは反抗でもいいのですが、いまだ意味があるのでしょうか。あなたがいま言ったことに合わせて、もう一度うかがいます。あなたにとってかくも重要なこの反抗は、無償の行為にとても近いのではないか、つまりそれは実存主義的反抗ではないか、ということです。

しかも私の念頭にあるのは、サルトルよりカミュなのですが。

ジュネ――カミュのことはあまりよく知らない。あの男には苛々させられたものだ。私の知っていた彼は……たいした道徳家だった、あの男は！　いいや、私はこう考える。たとえ世界が二つの超大国に分割されているとしても――アメリカとソビエト連邦のことを言っているのだろうが――、一人一人の人間の反抗はなくてはならないものだ。人は日常のなかで小さな反抗を遂げるものだ。ほんの少しでも無秩序をきたすやいなや、つまり特異で個人的な自分だけの秩序をつくり出すやいなや、反抗が遂げられるのだ。

R・W――あなたはオリエントと西洋の違いを強調されました。そこには文化や生活条件の違いがあります。そうしたものは、反抗ないし革命についての考え方をも変えてしまわないのでしょうか？

ジュネ――ご覧のように、私はフランス人だ、少なくとも法的には。だいたいフランスのパスポートを持っている。私が学校に行っていた六歳から十二、三歳のあいだ、オリエントつまりイスラーム世界は、フランスの学校できまって示されるものだった――オーストリアの学校でも、少なくともトルコの存在があるために、同じことだろうと思うが――、きまってイスラームはキリスト教世界の光が届かない影の部分として提示されていた。私は、幼いフランス人である私は、光のなかに生きていたというわけだ。イスラームにかかわるすべては影にあった。このイスラームの影は十字軍からつくられていた。いいですか？　つまり私は、フランスのキリスト教教育によって、いわば条件付けられていたことになる。

R・W――先ほどあなたが話された反抗は、なんといっても非常に個人的な振る舞いです。ところがブラックパンサーやパレスチナ人、つまり革命を語る場合には、大きな違いがあるように思われます。それは、個人が秩序命令に服することを要求するものでもあるからです。革命の秩序があり、これこれの戦闘集団に対する命令秩序があります。そうしたもの、つまり必要に思われる服従の振る舞いが、あなたにとって窮屈なものではありませんか？

ジュネ――ライラ・シャヒードがここにいる。ライラは、『パレスチナ研究誌』になにか書くよう私に求めてきたが、最初私は断った。そうしたのは、パレスチナ人について私が知っていることはもう十三年前、せいぜい十年前のことでしかなかったからだ。あとは『ル・モンド』――この新聞は思いがけないぐらい人種差別的だ、偽装しているが――や、ほかの新聞、テレビが伝えるものぐらいだ。つまりパレスチナの現状についてはなにも知らなかったんだ。それで私は、一番手っ取り早いのはもう一度ベイルートに行ってみることだ、と言ったんだ。それで私はライラとベイルートに行った。つまり彼女に身をゆだねた。ライラがウィーンに行かないかと言ったときも、それはとりわけあなた方にこうして話をするためだったわけだが、私はここに来た。いやまったく、窮屈な思いは実際していない。その反対だ。なにかもっと大きな自由を感じているぐらいだ。いまでは、自分がある範囲内で――むろんたいしたものではない、もう年をとったから――、とにかくある範囲内で、パレスチナ人のような運動を支援することができるのだから、奇妙なことに自分がますます自由になったように感じるんだ。

R・W――なぜ「奇妙」と言われるのです？

ジュネ――（笑って）どうもあなたが少々アカデミックであるような気がするからだ。それでつい口が滑ってしまった。

R・W――この世紀におけるヨーロッパでの知識人の反抗は、じつはたいてい孤立したものでした。それだから、そうした反抗はしばしば組織だった運動によって、革命運動によって異議を申し立てられてきたのです。私が考えているのは、シュールレアリストとコミュニストの争いとか、六八年をめぐるフランスでの知識人の争いのことです。そこにはまるまる一つの歴史が、一つの伝統があります。そこで私の質問が出てきたのです。

ジュネ――言っておこう。パレスチナ人が制度化されたあかつきには、私はもうその側にはいないだろう。パレスチナ人がほかの国家と同じような一国家になった日には、もうそこにはいないだろう。

R・W――義勇兵としての一匹狼の知識人ですね？

ジュネ――そのとおり。

R・W――それであなたのパレスチナの友人たちはそのことを知り、受け入れているのですか？
ジュネ――彼ら彼女らに聞いてくれ。ライラ・シャヒードに聞いてくれ。
R・W――いいえ、あなたに聞いているのです。
ジュネ――パレスチナ人を裏切るとしたらそこだと思う。みんなそのことを知らない。
R・W――フーベルト・フィヒテとの対話で、そのほぼ最後のところで、あなたは話すときにいつも少し嘘をつくのだと言っていますね。それはたんなるアイロニーだったのでしょうか。
ジュネ――こう言っておこう。ちょっとした冗談でもあった。けれども根本では、事実そう感じている。自分に対してしか正直になれない。話し始めると、まわりの状況によって裏切られる。聞いている人間によっても裏切られる。コミュニケーションというものはそういうものだからだ。自分の言葉の選択によっても裏切られる。自分一人に話しているときは、私は自分を感じない。時間がないし、自分に作り話をきかせるまでもない。自分に嘘をつくには年をとりすぎている。それに、私がパレスチナ人たちと一緒にいることを受け入れるのは、孤独のなかでのことだ。ライラにウイといい、君と一緒に出発しようと言うときではない。そういうときではない。それは私が一人でいて、自分だけで決心するときなんだ。そしてそのときは、自分に嘘をついていないと思う。
R・W――ここ数年、あなたは沈黙を守っておられます。出版もしなければ、公に姿をあらわすこともありませんでした。同時に、あなたはきわめて具体的な政治問題に関わってきました。それと並行して、あなたの劇作品の再演が見られます。とくに『バルコン』や『黒んぼたち』です。

ジュネ──『屏風』もだ。

R・W──はい、シェロー[17]があなたを演出しました。ノイエンフェルス[18]、ペーター・シュタイン[19]がいます。そうしたことはまだあなたの関心を引きますか？

ジュネ──いや。本当に、もう完全に遠ざかっている。関心はない。シュタインと知り合いになってよかったとは思う。あれは頭のよい男だからね。頭のよい人と出会うのはいつだってうれしいものだ。ベルリンに行くことができて満足だ。あの街は大好きだから。とくにプロシア系の住民のことがとても好きだ。つまりベルリンっ子のことだが、ユーモアに満ちあふれている、ミュンヘンなんかよりはるかに……。ベルリンに行けて満足だったのは、そこが私の若い頃の一部でもあるからだ。二十二、二十三歳の頃、ベルリンに住んでいたことがある。ほんの少ししかいなかったが、それでも歩いた道を思い出すことはできた。シュプレー川沿いに。それを三カ月前にまた見出して、私は満足だった……。シェローは好きだ……。ノイエンフェルスについては、彼の仕事を観ていない。

R・W──その後に演出されたものは観ていないのですか？

ジュネ──ええ。ただペーター・シュタインの舞台とシェローの舞台は観た。しかし『屏風』をやりたいとシェローが許可を求めにきたとき、私はこう彼に言ったんだ。「思ったことを好きなようにやってかまわない。ただし、私の助言を当てにしたり、私がどんな見方をするかを教えてもらおうなどと当てにはしないでくれ」。シュタインにもそう言った。もう関心がなくなってしまった。というか、自分が書いたものについてなにかを耳にするだけで苛々してしまう。私の最後の戯曲となった『屏風』があることはあるが、それは一九六六年のものだ。[20] だからもうずいぶん昔のことだし、それから別のこともやってきた。

R・W―先ほどの質問をしたのは、あなたの戯曲では暴力がいつも重要な役割を果たしているからです。暴力に対して人間がとる態度のことです。しかしそれは、それを蒙って死ぬかもしれない人びとが受ける具体的な暴力と比べて、かなり違うものです。

ジュネ―あなたは二つの言葉をごちゃまぜにしているのではないだろうか――この混同について、私は今から五、六年前に、暴力(violence)と粗暴さ(brutalité)について『ル・モンド』に発表した論文で指摘したことがある[21]――、暴力と粗暴さが混同されているのではないだろうか。こうやってあなたを押してみる。怒らないでほしい。私の行為は粗暴なものだ……今度は、あなたが転ばないように、こんな風にあなたを引き止めてみよう。私はたしかに暴力的だが、あなたが転ばないようにしたのだ。それは同じではない。ちがうだろうか? もし私がただこんな風に、気まぐれや戯れから粗暴な振る舞いをしたなら、私は粗暴かもしれない。ただそれはなにももたらさない。ところが私が暴力的な場合、つまり一人の男や女が子供を育てていて、子供にＡＢＣＤを教えるような場合だ。子供が泣いたり退屈したりしても、母親がＡＢをぜひとも教えこもうとするなら、母親は子供に暴力を加えている。子供が遊びたいのに、なにかを教えようとするからだ。しかしそれはよい暴力だ。母親が苛々して、時を選ばず平手打ちを食らわせるかもしれない。その場合、彼女は粗暴だ。あなたは言葉の選択において混同しているのではないだろうか。たとえばイスラエル人の粗暴さとパレスチナ人の暴力とを。この暴力はよいものだ、少なくとも私から見れば。パレスチナ人たちが暴力を加えているのはイスラエル人たちにだけではない。アラブ世界にも、イスラーム世界全体にも、さらには自分らを拒む西洋世界にも暴力を向けている。

R・W――おっしゃるとおり、私は二つの語を混同していたかもしれません、ただ私は、粗暴さと、舞台で上演される暴力の違いに戻ってみたかったのです。

ジュネ――それは芸術作品にすぎない。ただ私の劇は、『女中たち』から『屛風』にいたるまで、やはりなんらかの仕方で――少なくともそう思いたくなるのだが――やはり少しは政治的なものだ。それらが斜めから政治に取り組んでいる、という意味でだが。私の劇は政治的に中立ではない。私は、政治的な行動にではなく、純然たる革命的な運動の方へ導かれていったんだ。

R・W――そうですね。私が思うに、そこから劇の大きな違いが出てくるのです。劇が書かれて三十年後に上演される場合、それは形を変えてしまう。コンテクストが異なるからです。シェローやペーター・シュタインが今日あなたの劇を上演すると、あなたがそれを書いた当時のものとは、まったく異なる劇になってしまいます。

ジュネ——もちろんだ。『屛風』のことで言えば、『屛風』が上演された当時は、多くの人が反対した。劇にも私にも反対だった。というのもそこにアルジェリア戦争への直接的な暗示を見たからだ。みんなが反対したのは、アルジェリア人が独立をなんとか獲得したからだ。現在では、シェローの演出ではアルジェリア戦争へのいかなる暗示もみられない。せりふにはそれがまったくない。(22) この劇は、いまやそれ自身の力で——言うなれば演劇的な力によって——独り立ちしている。

R・W——たとえば『バルコン』を現代の政治生活の辛辣な風刺と想像してみたくもなりますが。

ジュネ——そうかもしれない。あまり『バルコン』のことは考えていなかったが……

R・W——……『黒んぼたち』もあります……

ジュネ——『黒んぼたち』なら、知っているかもしれないが、ベルリンで観た。ただドイツ語だったが。

R・W——演劇を観客としておもしろいと思われますか?

ジュネ——いや、いや、劇場にはまったく行かない。いや。言っておくが、私の芝居はみんな注文されたものだ。ジューヴェは『女中たち』を注文してきた。(23)『黒んぼたち』を注文してきたのがだれだったか、忘れてしまったが、たしかベルギーの、著名な演出家だった。(24) とにかくこれらの芝居は注文されたものだ。ジューヴェが、女中についての芝居を書いてくれと言ったわけではない。彼はただこう言った。「あまりお金がないから、女優二人でやる芝居をつくりたい」。それで私は女中たちを思いついた。芝居はみんな注文されたものだ。ただそれは、政治にちょっと斜めから取り組む仕方だった。政治そのものというのではないし、政治家によってなされるようなものでもない。ある政治を引き起こすような社会的状況に取り組むということだ。

R・W──あなたはいま、友人となったパレスチナ人たちと一緒にいるわけですが、そんなとき、パレスチナ人たちはあなたを作家ジュネとしても見ている印象がありますか？

ジュネ──それはない。私の本なんか読んだことはないだろうから。たぶんライラは別だが、彼女は一、二冊読んでいる。よく知らないが……ちがうだろう。

R・W──その方が気が楽ですか？

ジュネ──正直のところ、そんなことは考えていない。

R・W──あなたは住所を持たないことで知られています。どこで暮らしているんですか？

ジュネ──あなたも知っているように、私はこれまで一度も足を踏み入れたことがないような豪華なホテルに招待されている。こんな宮殿を夢見ていたものだった、まだ子供のときに──二十歳の頃、ここウィーンにいたことがある──いつもインペリアルホテルに泊まってみたいと夢見ていたものだ。ただ私は浮浪者だった。そう、ここには二、三日滞在するが、その後は小さなホテルに移るつもりだ。モロッコに戻ろうかと考えている。

ライラ・シャヒード――話題になったことで、私が別の点から関心を寄せていることがいくつかあります。それは死との関係、死と戯れる人びととの関係です。私が聞いてみたいのは次のことです。あなたはヨルダンで、フェダイーンとともに、日常的に死に直面している戦闘員とともに長い時間をすごしましたね。彼らのうちに、なにか恐怖のようなものを感じたことはありませんか？

ジュネ――恐怖というものを考えてみなければならないだろう……警官の手が私の肩に触れて、監獄に自分が連れて行かれると分かったとき、私が感じたような恐怖がある。そのとき、私は恐怖を感じる。その恐怖と同じものではない。そういう質問だから答えるが、パレスチナ人たちは、十八歳で、ヨルダン川の谷間にいて、出撃していくフェダイーンたちは、私が理解したところでは、やはり恐怖を感じていたが、同時に、殉教を、つまり栄光を求める気持ちも持っていた。たとえその栄光がごく少ない人によってしか知られないとしても。その証拠とまではいかないが、ほとんど証拠のようなものとして、戦闘服を選ぶ仕方がある。出撃するとき、彼らはとくに念入りに身繕いをする。出撃は決まって晩であり、夜中だった。着るのは皮の上着だった。それをきつく締める。戦闘服、腕輪を身につけ、それからちょっと儀式めいた品揃えのものがある。自分たちが死ぬかもしれないと思っていたが、また、自分を越えるような儀式を成し遂げようとしているのも知っていた。君が尋ねたかったのは、このことだろうか？

ライラ・シャヒード――ええ。あなたにそれを尋ねたのは、私自身が、死地に赴くことのできる戦闘員の能力に魅せられたからです。

ジュネ――スンナ派のことを話しているんだね。スンナ派のフェダイーンであって、シーア派ではない？

ライラ・シャヒード――どの宗派なのかは知りません。そもそも私は彼らがスンナ派であるとか、シーア派であるとか、さらにはキリスト教徒であるとも見ていないのです。私がいつも見ていたのは、かれらの若さであり、死地に向かう能力です。思い出すのは――このことはレバノン戦争のあいだずっと、そして今トリポリでも私を魅了するのですが、戦う戦闘員の表情を見ていると――年長者でも三十五歳ぐらいで、ほとんど確実な死へと赴く若者たちが、いつでも微笑のようなものを、ある光を浮かべていたことです。

ジュネ――静かでさえある。

ライラ・シャヒード――静かにほほえんでいる。それで考えるのです。どうして彼らは死に対してそういう関係をとるようになったのか、と。

ジュネ――まず私にはそれが儀式のように思われた。とにかく、彼らはヨルダン川やどこかへ降りていくことを、なにか普通のこととしてやっているのではなかった。彼らは自由に赴いていった。ドイツやオーストリアとの戦争〔第一次世界戦争〕中にフランスが徴用した黒人兵や、セネガル、モロッコ、アルジェリア、チュニジアの兵隊について同じことが言えるとは思わない。その兵隊たちはなぜ戦争に行くのか知らなかった。黒人兵は――ヴェルダンに埋葬された黒人はけっこうたくさんいる――自分たちがどこに行くのか分かっていなかった。彼らは戦いつつ、その理由を自問した。ほほえみながら戦場に行ったのではないし、自由な行為を達成することを知っていたフェダイーンのような儀式的なものもなかった。このことを考えさせてくれたのは、十八歳のフェダイーで、アブー・ハーニーに口答えをした若者だ。彼は異議を唱えた。私はこの若者に、「けれどもあれは君の指導者じゃないか」と言った。すると彼が答えた。「だけど、パレスチナ解放軍、PLAに入隊したとき、ぼくは自由に志願したのであって、そのとき十七歳だった。それが受け入れられたのは、自由志願だったたからだ。ぼくがそこに行くのを選んだんだ。けれども、いつも目をつぶっていることを選んだんじゃない。十七歳の自由な人間の志願が受け入れられたなら、十八歳になっても自分の見方を発言していい自由があるはずだ」。で、彼はそのとおりのことをやっていた。

ライラ・シャヒード――私が思うに、この自由、この形態の戦闘能力が西洋には理解できないのです。西洋、とりわけ知識人たちは、パレスチナの戦闘員を兵隊のように見ています。ところが私にとって、彼らは兵隊ではまったくないのです。

ジュネ―そうだ。彼らはまさしく戦士だ。

ライラ・シャヒード―戦士たちです。戦士と兵隊のあいだには、たいへんな違いがある。それをとくに感じたのは、私たちが一緒にベイルートにいて、武器を背負ったイスラエル兵たちが目の前を通り過ぎたり、座ったりしているのを見たときです。二人で外に出て、この目で見たんです。かれらは疲れていて、悲しそうだった……

ジュネ―そうだ、もう疲れ果てていた。

ライラ・シャヒード―兵隊たちの顔といったらなかった。私はそこに、死に対する関係の違いを感じたのです。イスラエル兵と死の関係は、フェダイーンと死の関係とは違っている。私が会ったフェダイーンはみんな、まったく違う表情を顔に浮かべていた。

ジュネ―レバノンの民兵もいて、下に降りていった。彼らも静かにほほえんでいて、おそらくみんな死んでしまっただろう。イスラエル兵がのぼってくるのも見た。フランス大使館とライラの家の前を通っていった。戦車の前を歩いていた。もうどうしようもなく疲れていた。たしかに暑かった。武器も持っていた。とはいっても、歩いた距離はたいしたものではない。西ベイルートから東ベイルートまで来たわけだから、四、五キロメートルぐらいある。それだけなのに、もうへとへとだった。恐怖心を持っているのも、見てとれた。戦車はたえず位置を変えていた。そのちょっと前になるが、レバノンの愛国者たちで、街を防衛している左派の戦闘集団とわれわれは会ったことがある……二十二か二十三歳ぐらいで、民間人の服装をし、武器を携帯していた。彼らはイスラエル軍との遭遇戦に向かうところだった。彼らは、人がヴォードヴィルを見たり、喜劇やコミカルな映画を観るときのように笑っていたのではない。みんな落ち着いていた。

ライラ・シャヒード― 一種独特の晴れがましさが……

ジュネ― 晴れがましさ、そう。

ライラ・シャヒード― イスラエル兵の顔に見てとれる表情は、ただの疲労を越えて、自分たちがなぜ死んでいくのか確信が持てないことを表していたとは思いませんか？　ベイルートの占領期間をとおして、またその後もずっと、シューフ(25)と南部地区の占領のあいだに、なにか新しいことがイスラエル軍のなかに起きたように、私は感じました。それは、自分の死が何の役にも立たないという彼らの感情です。そう感じたのは、イスラエル軍のなかにさまざまな運動があったからです。その運動のなかで、自分たちがなぜ死につづけなければならないのか理解できないから、自分たちは死にたくないと言っていたのです。

ジュネ― だとすると、彼らはこの戦争の無益さを前もって知っていたのかもしれない。実際、これはイスラエルにはなんの役にも立たないものだ。

R・W― 私にはどうしても想像できないことが一つあります。それは、たとえばベイルートにある十年来の混沌、地獄がなにを意味するのか、あるいは二十年、三十年、四十年キャンプで暮らしているパレスチナ人にとってそれがなにを意味するのかが、まったく想像できないのです。それはなにをもたらすのでしょう。地獄を生き延びるだけであっても、どうやっているのでしょう、しかもモラルをもって生き延びるためには？

ジュネ――そういうことはある。反抗のなかにはあの確信があるけれども、また、もうどうしようもないという面もある。というのも、私は別のことも目撃したからだ。それはこういうことだ。パレスチナ人を応援するフランス人修道士がいた――名前は忘れてしまったが、それはどうでもよい。彼はバカーのキャンプにいた。六万から八万の人間がいるところで、ヨルダンの、アンマンから二、三十キロのところにある。ヨルダン軍はキャンプにその修道士がいるという情報を得て、彼を連れ出そうとした。女たちは最初、ノンと言った。彼を外には出さない、と言ったんだ。じつは、後でこっそり、闇にまぎれて彼を外に出し、彼は連れて行かれた。女たちは反抗する決心をした……。するとヨルダン軍はバカーのキャンプを包囲した――なにしろ私は、バカー・キャンプに戦車が三列になって入っていくのをこの目で見たんだ。フセイン国王はパリにいた。アンマンにはいなかった。弟のハサンが当時の摂政だった。で、彼は兄に電話でどうすべきか尋ねた。女たちに発砲すべきかどうかを。というのも、女たちは子供たちを連れ、荷物をもってキャンプの外に出て、それでこう言っていたからだ。「出かけよう、キャンプを出よう。あんたがたがキャンプを占領したいなら、キャンプから出ていくよ。ただ、行くことができる場所は一つしかない。それは私らの家だ、パレスチナだよ」。言い換えれば、イスラエルに行くというのだ。そして女たちは、徒歩で、五十キロから六十キロメートル離れたパレスチナに向けて出発した。彼女たちは出発したわけだ。では、ハサン王子はどうすればいいだろう？　軍隊はどうするか、兄はどうするのだろう？　彼の兄は、ポンピドゥー大統領かほかのだれかに助言を受けたか、あるいはなんの助言も受けなかったか、とにかくこう言った。「いや、放っておけ、女どもに発砲してはいけない、戦車を撤退させろ」。かくしてヨルダン軍は打ち負かされたが、それはなにによってだろうか？　だれによってか？　女の一群によってだ。この三万から四万のアラブの女たちが戦車に向かっていくことを決意したんだ。彼女らは踏みつぶされる危険を冒した。この出来事を話すのは、私がその目撃者だったからだ[26]。人から聞いた話ではなく、それをこの目で見たんだ。

ライラ・シャヒード―　さっきあなたは、パレスチナ人にはあなたの言う「現代的な」ものがあって、それを現在のアラブ世界の単調《モノトニー》さと比べていましたが……

ジュネ―　単調さだけじゃない、弛緩《アトニー》もある……

ライラ・シャヒード―　……私はとりわけ女性たちのこと、パレスチナの女性たちのことを思います。あなたはヨルダンにいるパレスチナの女たちに対してとりわけ敏感だったと思うんです。私の方は、占領されたレバノン南部のパレスチナ人女性のことをとくに感じます。パレスチナ人女性が、伝統に属する多くのものをあらためて問いただしていくあの力は、どこから来ると思いますか？

ジュネ― ごく簡単なことだ。女たちは――一般にアラブの女は最初はアラブの男の奴隷なのだが――まずその夫から自分を解放する。彼女たちはまず口ひげから解放されるんだ。ちがうかい？

ライラ・シャヒード― あなたはそれを実際に見たのですか？

ジュネ― 当然だ。あまりにも明白だ。女が男と同じぐらい巧みに機関銃を操っている。女性らは男に負けないよう望んでいる。

ライラ・シャヒード― ええ。でも武器を操るだけだったら、十分だとは見なされないかもしれない。だいたい、アルジェリアの女性たちも武器を手にしていたのに、後になるとそれもあまり役立たなかったと、よくこぼしています。

ジュネ― パレスチナ革命が領土を獲得し、制度化された後どうなるか、私には分からない。もうキャンプ内にも、領土を得たらどうなるか、パレスチナ革命の制度がどうなるか、その発端が見られる。キャンプのなかでは――君は私よりよく知っているだろうが――村への分割がすでに始まっており、パレスチナ――いまはイスラエルになっている――にかつて住んでいた同じ人間たちが、以前の村のようにグループ化している。同じ類縁、同じパレスチナ方言、同じ習慣というわけだ。だがそれだけにとどまらない。すでにバカー・キャンプやガザ・キャンプには、オレンジの売り子がおり、その先にはミカンの売り子がおり、さらにナスの売り子が、そのむこうに布地の売り子がいる。だからすべてが通常の生活様式で組織されている。それが固定してしまい、パレスチナが領土化されてもこの図式がそのまま見出されはしないかと心配なんだ。今のところは、私は反抗するパレスチナを完全に支持している。この先もそうかは分からない──おそらくは、いや確実に、私は死んでしまっているだろうが──、ただもし生きていたら、パレスチナが制度化され領土の要求が受け入れられたときに、私がそれでも支持できるかどうかは分からない。だがそれは大事なことなのか？　そうも考える。私はこう思う。パレスチナ人が、粗暴さを体験したにもかかわらず、その生活水準にもかかわらず、ある晴れがましさを持ち続けることができるということを君は話したが、それで思うに、まさにその晴れがましさの理由は、次のような事実にある。パレスチナ人たちは、戦士になる以前の、パレスチナ追放から組織された反抗の戦いが起こるまで、つまり一九四八年からだいたい一九六五年まで、とてもおとなしい人民として生きてきた。武器もなければ軍事的作戦もおこなわず、ＰＬＯもなければファタハもなく、ハイジャックをすることもなければ西洋の市民の浄福を乱すこともなく、新聞の紙面を飾ることもなかった。この時期の人びとの表情にはあまり晴れがましさが認められなかっただろう。そして反抗が始まるのだが、私が思うに、反抗するという事実そのもののなかに、現に存在していることの肯定がある。ＰＬＯの管轄に入る前の、つまり一九六九年以前のキャンプを私は知っている。大部分のキャンプはそれがおかれている国の地方権力によって統括されていた。軍事的警察的な面では、ヨルダンではヨルダン軍によって、レバノンではレバノン軍によって、また社会経済的レベルでは、UNRWA［国連難民救済事業機関］によって、統括されていた。その後、パレスチナの政治的で軍事的な運動が誕生すると、キャンプはパレスチナの組織の管轄下に入った。それは「反抗」とか「蜂起」と呼ばれた。すると人びとのあいだに身体的な変化が生じた。まずはじめに、パレスチナ人たちはその地の軍隊であるヨルダン軍やレバノン軍を追い出した。そして自分たち自身を組織化した。そしてこの瞬間から、パレスチナ人は自分が存在するのを感じるようになった。国家的な領土などなかった。それなのに、彼ら彼女らは現実に存在していた。私が思うに、それこそが、それこそがこの人びとにとってもっとも重要なことなんだ。自分たちが存在しているのを感じつづけることが。自分がおこなう行為のなかで感じることが。たとえ、最終目標として国家領土の解放を掲げているとしても、一番大事なのは、その途上で、まさに自分たちの行為のなかで存在する自由を持ち続けることだ。ところがいかなるパレスチナ人もパレスチナのパスポートを持っていない。それは存在しない。

R・W――パレスチナ問題を政治的に議論するときに西洋でしばしば言われていることですが、その鍵となる問題の一つに、パレスチナ人やPLOによるイスラエルの存在の承認があります。この問題はあなたにとっても重要なことでしょうか？　それとも国家間の条約締結という段階は、すでに過ぎてしまったのでしょうか？

ジュネ――そんな段階はまったく過ぎ去っている。アラファトは、アンサールの収容所にいる四千五百人の捕虜を六人のイスラエル人捕虜と交換に解放するためにあらゆることをやっている。イスラエルがアラファトの出した条件を最終的に受け入れるように働きかけている。それは連中を認めることだろうか、それとも認めないことだろうか？

R・W――あなたがたはそうしたことに賛成なのですね？

ライラ・シャヒード――ええ。現実からして、そういう論争は的を射ていないのだと思います。一方と他方の承認は、まちがった論争です。イスラエル人がＰＬＯを承認すると言ったとして、それがなんの役に立つのでしょう？　その一方で、兵隊たちが――たいていは予備役で、通常の生活では医者や教師、学生、靴屋、電気技師などですが――、イスラエル軍に招集され、サブラとシャティーラの入口にいてキャンプを眺め、かつ目撃している――そうカハネ報告では言われています――彼らは目の前で女や子供たちが殺されたのを見ていたのですから。彼らはなんの反応も示さなかった。少なくとも、自分から子供たちの方へ駆け寄ってやることもなかった。ええ、男たちはもしかしたら戦闘員かもしれず、だから敵であるとイスラエル兵は考えたのでしょう。でもなぜ一人の兵隊も、自分の方から、子供を守るために駆け寄り、子供を殺そうとしている殺人鬼に向かって、「まだ子供じゃないか、殺してはならない！」と言わなかったのか？　一人もいなかったんです！　せいぜいのところ、兵隊たちがしたのは、上官をさがしにキャンプの真向かいにある司令部に行ったぐらいで……

ジュネ―　そうした兵隊もごくわずかだった。

ライラ・シャヒード―　そうね、よくて一人か二人の兵隊が将校に、キャンプでなにかが起きている、と報告に行っただけだった。で、将校は答えた。そんなことはおまえたちに関係ない、かまわず放っておけ、と。そして兵隊はそれに従った。

R・W―　どうしてそんなことになったのでしょうか？

ライラ・シャヒード―　ええ。答えはこうです。一九四八年から一九八二年にかけて、あらゆるシオニストの政策が――それには、現政府与党であるリクードの政策も、いまの野党である労働党の政策も含まれます――パレスチナ人と呼ばれるようななにかの存在を認めないことで成立していました。ベギンが「あれは二足の動物だ」と言い放った時、それを言ったのはベギンではなく、意識的にせよ無意識的にせよ、イスラエルの大多数の人びとなのです。もしそれらも自分らと同じ人間だという考えを受け入れていたなら、なにも反応しないわけにはいかなかったでしょう。少なくとも一人は立ち上がったでしょう。ジャンと私は、イスラエルの司令部があるところまで行ってみたのですが、そこからは四十メートルぐらいしか離れていないのです――少なくとも五百人の将校や兵隊がいたイスラエル司令部とキャンプのあいだには一本の通りがあるだけです――通りが一本あるだけですから四十メートルもないぐらいです。そうすると、キャンプ側でおこなわれていたすべての虐殺は、それも多くの殺戮があったのですが、彼らの目の前でおこなわれていたのです。

ジュネ――しかも連中は、夜間、照明を当てていた。

ライラ・シャヒード――一人のイスラエル兵がカハネ報告のなかで語っています。自分の前で一人の子供をつかまえたファランジストが「この子を病院に連れて行く」と言いながら連れ去り、すぐそばで子供の喉をかき切ってしまったのを見て、嘔吐をもよおした、と。この兵隊は「自分は吐いた」と言いました。でも吐くことは行動ではありません。

私にとって、現実の承認とは個人からやってくる承認です。このような承認があれば、ユダヤ人やキリスト教徒、つまりイスラエル人やヨーロッパ人に対してだれもやらないようなことをパレスチナ人にやるなどということを受け入れるはずはありません。このとき、承認は現実のものとなります。ところが承認が国連で署名された条約に限られるのであれば、そこにはなんの価値もないのです。西洋では、カハネ報告が大問題となり、四十万人の人がテルアビブでデモをおこない、ピース・ナウの組織のもとに、サブラとシャティーラの虐殺についての調査委員会の設置を要求しました。そしてことあるごとに、人はこれをイスラエルの民主主義の証であるかのように伝えます。私の考えでは――ジャンがそう言ったのに同意見なのですが――デモと報告書は虐殺の一部をなしています。あれは芝居の演出のようなものであって、その内容をなすのが虐殺、背景がカハネ報告とデモというわけです。なにも私は、デモの参加者一人一人の個人的な動機を疑っているのではありません。ただ私が言いたいのは、一度イスラエルの軍隊は大半が予備役で構成されまえば、その心は平静でいられるようになるのです。イスラエルの軍隊は大半が予備役で構成され、だから市民によって成り立っているのを忘れてはならないのですが——つまり、軍隊なんか関係ないと言うわけにはいかない、なぜなら各々が潜在的に軍隊であり、兵士になる可能性があるからです——軍隊が虐殺をしてしまった、私はデモをした。だからもう、つべこべ言わないでくれ、私は義務を果たした。一時間、デモに参加したんだ。さて、君はデモをしたのだから、偉大な民主主義の市民と呼ばれる権利がある。そしてその翌日には領土を併合しつづけ、農民たちを追い出し、家々を破壊し、イスラエルの刑務所で人びとを拷問にかける。アンサールには五千人の政治犯がいるのですが、戦争捕虜とは見なされていない。で、君は、そのあいだ、なにをしたのか？　なにもしていない。なぜなら君の良心は平静だから。君はデモをしたから。で、いま君はなにもしない。これは芝居であり、西洋はこんな見せかけの実践に民主主義の存在を信じている。そして現実の代償を払っているのは、じつはパレスチナ人なのです。カハネ報告が出てから、イスラエルのイメージがまた潔白になったからです。それに責任者たちまでが——だれもが虐殺の責任者であると認めているシャロン本人までが閣僚の座を得ました。なるほど無任所大臣ですが、大臣であることに変わりはありません。イギリス委任統治時代イルグンと呼ばれたテロリストグループの指導者だったベギンを引退させた。その後任に、かつてのテロリストグループの指導者であったシャミールという人物をもってきた。そうすると、デモの後でいったいなにが現実に変わったというのでしょう？　調査報告が出た後で？　なんにも変わっていない。私たちを馬鹿にしているんです。西洋も馬鹿にされている。西洋が拍手喝采し、まんまと乗せられてしまったのも、すべては演出されており、喜劇のなかだったのですから。

ジュネ―　私の考えでは、そうではない。西洋は乗せられなどしなかった。むしろ共犯者だ。

ライラ・シャヒード―　共犯者だと思っているの？

ジュネ―　そうだ、というか、フランスの船、アメリカの船やイタリアの船が、バシール・ジュマイエルが死ぬ一日前に、二十四時間か三十六時間か前に、立ち去っていくのを見ているからなんだ。連中は委任期間がまだ終わらないのに出ていった。で、次に、バシールが殺され、イスラエルはこのバシール・ジュマイエル暗殺を口実にして西ベイルートに入るのだが、それまで美術館前の通路とパレスチナ・キャンプを管轄していたのがフランス軍とイタリア軍だった。そしてイスラエルはそこから悠々と入り込み、その翌日には虐殺をおこない、それが三日続いた。(27)

R・W―　しかし、西洋が共犯だというのであれば、また同様に重大な事実があります。アラブの国々、兄弟を自称する国々もまた、それとは裏腹に、なんらの行動も起こさなかった。

ジュネ―　だから最初にあなたに言ったではないですか。パレスチナ人以外のすべてのアラブの政体はまったく堕落しており、警察組織によって支えられていると。アラブの国々は自分を巻き添えにはしたくない。というのも、そうなればイスラエルにこっぴどくやられるのは明らかで、イスラエルとは、これ、アメリカ軍にほかならないのだから。

ライラ・シャヒード――　そうです。アメリカのユダヤ系市民はだれでもイスラエルの市民権を得ることができ、イスラエル軍でいつでも軍務に就くことができるのですから。それからもちろん、イスラエルの武器がおもにアメリカから来ているからです。しかも、そのなかには、黄燐焼夷弾やクラスター爆弾といった、アメリカが禁じている武器もあります。それにしても、アラブの諸体制があなたの言うとおりなら、アラブの大衆、アラブの人民は、ブルジョアジーであれ、知識人であれ、左翼政党であっても、ひとつの時代の終焉を生きているところです。これらの大衆が生きているのは退廃であり、もろもろの問題のためにまったく無気力に陥った状況なのです。ほとんどのアラブ諸国にみられる抑圧の実態を知れば、なぜ人が自分の意見を表明できないかが分かります。自分の考えを平和的に、武器をもたずに表明したがために、三十年から五十年の懲役を宣告された政治犯がいます。考えを言っただけで、なにも軍事的な行動におよんだとか、クーデタをもくろんだわけではないのにです。ほとんどのアラブ諸国には、言論の罪に問われた無期懲役囚がいます。こうした状況にいる人びとに、街頭でデモをしたり、意見を公にし、パレスチナ人を擁護するよう立ち上がるのを要求できるでしょうか？　三カ月にわたって世界で最強の軍隊に抵抗したパレスチナ人やレバノン人のほとんどに、おおきな失望がじつは広がっていたのを隠すつもりはありません。アラブの世論が現実に表明されることによって支持を受けるということがなかったのですから。そのことでひどく苦しみました。ただ、私たちが西洋を告発するときに、この同じ共犯者のイメージを私たちに送り返してくるのはまちがいです。私はウィーンに来て、ウィーンにおける反ユダヤ主義のあらゆる過去を目にしました。ユダヤ人問題を生みだした世紀末ヨーロッパの全責任についての文献を読みました。ところが、皮肉なことに、パレスチナ人である私が、東方ユダヤ共同体といかなる問題も構えなかった中東からここにやってきて、自分はユダヤ人を嫌っていないとオーストリア人に説明し、弁明し、証明しなければならないのです。ユダヤ人を迫害し、ナチスドイツ時代にずっと沈黙していたこの国が、今度は私を告発する側にまわり、私の裁判官となるのです。役どころが逆転してしまっている。なぜ西洋は今日、アラブ人たちに、パレスチナ人の支援とイスラエルの承認を求めるのでしょう？　ユダヤ人迫害の責任者でありその運命の責任者であるこのヨーロッパが、それなのに自分を私たちの裁判官であると言い張るのです。そして私たちの方は、被告の席に座らされている。あなたはオーストリア人として、イスラエルの状況に、また結果的にパレスチナの状況に、責任があるとは感じないのでしょうか？

ジュネ――単純な質問をしてみよう。すぐ済むから。オーストリア人は一九三九年から一九四五年までユダヤ人になにをしたのだろうか？

R・W― たとえば、かつては数十万人のユダヤ人がいましたが、今では数万人しかウィーンには残っていません。

ジュネ― よろしい。それ以外のユダヤ人がどうなったかは尋ねない。私は答えをもっている。では、ユダヤ人がオーストリア人に対して、この三十五年間なにをしただろうか？

R・W― なにも。

ジュネ― ではユダヤ人は、パレスチナ人に対してなにをしただろう？

R・W― 戦争です。

ジュネ― ユダヤ人に対してなにもしなかった、その存在さえ知らなかったパレスチナ人に対してだ。ほら、問題はそこにある。

ライラ・シャヒード― ええ、問題はそこにあって、私の意見では、この問題はたいへん大きな卑劣さを証拠立てているのです。なぜなら、みんなが引きこもり、ホロコーストやヨーロッパ・ユダヤ人排斥のつけを、もっとも弱い者たちにまわしたからです。

ジュネ― アラブ世界のいちばん弱い環に、パレスチナ人に払わせたのだ。

［解題］

この対話は「シャティーラの四時間」の延長線上にあり、このテクストにいくつもの解明と大きな発展をもたらしてくれるものである。対話がおこなわれたウィーンには、ジュネは一九八三年十二月はじめに、ライラ・シャヒードの求めに応じて一緒に赴いた。サブラとシャティーラの虐殺に抗議する示威運動に参加するためである。この運動を準備したのは国連に加入している非政府組織「国際進歩機構」である。

はじめはこの旅行をためらっていた——その前にも彼はオスロで同じ問題について開かれた会議に参加するのを断っている——ジュネは、発言することもジャーナリストと会うことも望んでいなかった。ところが現地に到着するなり、彼はジャーナリストに囲まれた。そしていくつかの質問に、それらがパレスチナ問題についてのものであるという条件で、答えることになった。しかしこの条件は質問者によってほとんど守られず、ジュネは罠に落ちたことを知り、また自分の返答に満足できずに、会見を打ち切ろうとまで考えた。そのとき、オーストリア・ラジオから質問した若きジャーナリスト、リュディガー・ヴィッシェンバルトが彼の信頼を得ることに成功した。最初の対話が終わって、それまでより表面的にならずに考えを言うことができたという印象をもったジュネは、その翌日も対話を続けたいというジャーナリストの提案を受け入れた。よりリラックスして臨んだ彼は、自分の関心事についてさらに自由に語った。そこで、自分がともに歩んだ革命運動との類縁性を個人的な口調で説明したり、自分の文学作品とさまざまな政治参加の関係を定めたりしながら、ジュネは政治に関するものではもっとも質の高い対話をおこなった。

その数日後、住処としていたラバトに戻ったジュネは、自分の発言記録のコピーを受け取り、読み返して、いつものように、おもに不適切な言い方や曖昧さを訂正した。その間、ライラ・シャヒードには、話し言葉での表現に満足できないと打ち明け、ただ書き言葉のみが正確に自分の思考を表現できるとあらためて述べた。

オーストリア・ラジオで一九八三年十二月末に部分的に放送されたこの対話は、その抄録が、一九八四年三月二十三日にドイツの日刊紙『ディー・ツァイト』（一三号、四四−四五ページ）上ではじめて活字になり、一九八四年十月十六日に『リベラシオン』に再録された。対話の全体は、『パレスチナ研究誌』（一九八六年秋季）に発表された。

［編注］

（1）対話がおこなわれていた頃、情勢はPLOにとって実際に危機的なものであった。PLOがパレスチナ人唯一の代表としてこれから存続しうるか、さらにはアラブの諸政府に対してその自立性を確保できるかが懸案となっていた。レバノン北部のトリポリの街に退避したアラファトは、パレスチナ機構内部の重大な分裂に直面していた。その軍隊は、地上では、PLOの主導権を握ろうとするシリア軍によって包囲され、海上では、彼を退避させまいとするイスラエル海軍によって包囲されていた。長期にわたる抵抗をおこなった末に、アラファトは十二月二十日にこの袋小路からなんとか抜け出し、その権威にあらたな正当性を与えた。

（2）一九七九年ウィーンでブルノ・クライスキー、ヴィリー・ブラントとアラファトが会談した後に、PLOは社会主義インターナショナルから公式に承認された。

（3）前記の解題を参照。

（4）一九八二年のベイルートへの旅行は、むしろジュネの主導のもとにおこなわれたようである。

（5）西ベイルートはジュネが到着する前の三カ月にわたって、激しい爆撃を受けていた。

（6）「シャティーラの四時間」解題［本書六二頁］参照。

（7） モサドはイスラエルの諜報機関である。
（8） 虐殺についての調査委員会は、三人の裁判官によって構成され、Y・カハネを委員長とし、イスラエル政府によって一九八二年九月二十八日に立ち上げられた。委員会は報告書を――「カハネ報告」と呼ばれている――一九八三年二月八日に公表した。その報告はイスラエル政府に倫理的な責任があることを認め、シャロン将軍を直接非難している。辞任を余儀なくされたシャロンは、しかしながら無任所大臣として政府内に留まることができた。
（9） ライラ・シャヒードのことである。
（10） 十一月二十四日、困難な状況にあると思われていながら、アラファトは四千五百人のパレスチナやアラブの捕虜と六人のイスラエル捕虜とを交換することに成功した。この交渉の結果は政治的な勝利と見なされた。
（11） アンドレアス・バーダーの弁護士である。
（12） マフムード・アル・ハムカリに招かれるかたちで、ジュネは一九七〇年にヨルダンに渡る。
（13） このシーンは『恋する虜』七九頁［日本語訳八五頁］でも喚起されている。
（14） ウィーンでの示威行動は写真の展示を軸におこなわれた。展示された写真のいくつかはライラ・シャヒードがシャティーラで撮影したものである。
（15） PLO内に結集したさまざまな組織の略号。
（16） しかしながら『恋する虜』の一節で、ジュネはアラファトの「ケフィエ」について触れている（一六七―一六八頁［日本語訳一九一―一九二頁］）。
（17） パトリス・シェロー演出の『屏風』は、一九八三年五月三十一日に、ナンテールにあるアマンディエ座で上演された。

(18) ハンス・ノイエンフェルス演出の『バルコン』は、一九八三年三月十九日、ベルリンで、シュロッスパルク・シラー劇場で上演された。

(19) ペーター・シュタイン演出の『黒んぼたち』は、一九八三年七月に、ベルリンのシャウビューネ劇場で上演された。

(20) これは、一九六六年のオデオン・フランス劇場における、ロジェ・ブランによる戯曲のフランス上演のことである。『屏風』のオリジナルが出版されたのは、一九六一年二月、アルバレート社からであった。

(21) 一九七七年九月二日付『ル・モンド』に掲載された「暴力と粗暴さ(violence et brutalité)」のこと。

(22) 「アルジェリア」という言葉は劇のなかでは一度も出てこない。

(23) この事実は疑わしいとされている。ジュネがジューヴェに一九四六年に会ったとき、戯曲は、かなり異なった形ではあるが、すでに書かれていた模様である。ただ、ジュネはそれを演出家の要望に応えて書き直した。

(24) 黒人俳優によって演じられる芝居を一九五五年にジュネに依頼したのは、演出家のレイモン・ルーローである。

(25) 一九八二年にイスラエル軍によって占領されていたレバノンの地区。

(26) この出来事をジュネは何度も取り上げている。とくに『恋する虜』の最初の頁(一二頁〔日本語訳九頁〕)。

(27) 「シャティーラの四時間」解題〔本書六二―六三頁〕参照。

〈ユートピア〉としてのパレスチナ——ジャン・ジュネとアラブ世界の革命

鵜飼哲

このテクストは、『講座20世紀の芸術6　政治と芸術』（岩波書店、一九八九年）のために執筆され、のちに『抵抗への招待』（みすず書房、一九九七年）に収録された。

1

一九八七年十二月九日の、ヨルダン川西岸とガザ地区における民衆蜂起（インティファーダ）の開始以来、パレスチナ抵抗運動は新たな、決定的な段階を迎えた。四十年の苦難の果てに、パレスチナ国家の独立に向けた最初の、だが巨大な一歩を進めたのは、石だけを武器に、多大な犠牲を強いられながら、完全武装のイスラエル兵に立ち向かい続ける若者や少年少女、子供たちであった。彼らが切り開いた地平のうえに、八八年十一月十四日深夜、アルジェで開催されたパレスチナ民族評議会を代表して、議長ヤセル・アラファトはパレスチナ国家の樹立を宣言したのである。

ジャン・ジュネが世を去り、遺作となった『恋する虜』が刊行されて三年余り、パレスチナ問題をめぐる政治的コンテクストはすでに大きく変貌しつつある。しかし、であるからこそ、「西洋におけるパレスチナ人の最大の友」(1)として生涯を閉じたジュネが、八二年イスラエル占領下のベイルートに同行したライラ・シャヒード・バラダの勧めにもかかわらず、西岸へ赴くことを拒否したという事実は、ジュネのこの問題へのかかわりを問う際に、決して忘れられてはならないことであろう。『恋する虜』の第二頁で彼は明言している。

先に私は黒人とはアメリカという白い紙の上の活字である、と指摘したが、これはあまりにも早まったイマージュだった。現実はなかんずく、私が決して正確には知りえないであろう事柄のうちに、色の違う二人のアメリカ人のあいだの恋のドラマが演じられる場所に見いだされるのだから。だとすると、パレスチナ革命は私の手をすり抜けてしまったということだろうか? 完全に。ライラからヨルダン川西岸地区に行くよう勧められたとき、私はそのことを理解したように思う。私は勧めを断った。というのも、占領下の土地とは、占領者と被占領者とによって刻々生きられているドラマそのものだったからだ。彼らの現実とは、日常生活の中での憎悪と愛とがたっぷり重なりあった層であって、それは半透明に、言葉と文と

によって切り刻まれた沈黙に似ているのである。(2)

ジュネが深い関心を寄せたパレスチナ人、最晩年の諸作品で彼が語ったパレスチナ人、それは主として、亡命地に生きることを余儀なくされた離散《ディアスポラ》パレスチナ人と呼ばれる人々であった。この人々を、そのあるがままの姿でジュネは愛した。私たちがなによりも問わねばならないのは、従って、この愛にほかならない。

実際、「愛」(amour)という言葉は熟考に値する。それはジュネのテクストのなかでしばしば出会うことのある、根源的に欠落している別の言葉に代わって用いられる、濫喩的な言葉である。とすれば、私たちはこの語の、また通例その反対語と考えられている「憎悪」の意味するところを、そしてこの二つの感情が時に反転する場合の原理を、性急に捉えようとするべきではあるまい。彼の最後の作品が、シンプルであるがゆえにいっそう深く謎を秘めた、「恋する虜」(*Un captif amoureux*)というタイトルを持っていることからも、「愛」という言葉の重要性は十分に理解されよう。そして、その秘密に近づくためには、きわめて慎重な足取りが要請されるということも。

そのために、私たちはまず、八二年九月、西ベイルートのパレスチナ・キャンプで起きたパレスチナ民間人の集団虐殺の際、直ちに現地を訪れたジュネのルポルタージュ、「シャティーラの四時間」(3)に足をとめなければならない。彼がパレスチナ人民への「愛」を、この極限的な作品におけるほど率直に、深いニュアンスをこめて語ったことは他にないからである。次の一節には、この「愛」の一つの側面が、その強度と複雑さにおいて集中的に表現されている。

一つの共同体を特権的に選び取ること、この民族への帰属如何は生まれで決まるものなのに、にもかかわらず誕生以外の仕方で選び取ること、このような選択は、推論によるのではない同意の祝福の賜物だ。そこに正義の働く余地がないのではなく、この正義を実現し、この共同体を徹頭徹尾擁護せしめるものこそ、感情的、おそらくは感覚的、官能的といってもいいような魅力の、召命の力なのだ。私はフランス人だ。けれども全面的に、判断抜きにパレスチナ人を擁護する。道理は彼らの側にある、私が愛しているのだから。だが不正のためにこの人々が浮浪の民にならなかったとしたら、この人々を私は愛していただろうか。

(本書三三三—三三四頁)

ある政治的選択、とりわけパレスチナの大義を無条件に支持するという選択が、「愛」の名において正当化されるというのはいかなる事態だろうか。第一に、ここでジュネが、パレスチナという「乳と蜜の流れる地」をユダヤの民に与えた神の「愛」の、恣意と暴力を盗用し、パレスチナ人の敵に投げ返し、神の位置を占めることで、神に、即ち現代イスラエル国家の暴力的存在様態に神話的根拠を与える者に挑戦していることは明らかである。だが、さらに仔細にみるならば、ここで「私」と言う者に、パレスチナ人に対する彼の「愛」が「祝福の賜物」として与えられている以上、「私」はこの「愛」の自己産出的な主体ではありえない。「私」とパレスチナ人を出会わせ、結びつけた、ある上位の審級の存在が暗示されており、その意味で「私」の完全な神格化は注意深く避けられてもいる。

そこで次に、「正義」／「不正」という対語に置かれた微妙なアクセントが注意を引くことになろう。「正義の働く余地」がともかくもある以上、「私」の選択はまったく恣意ではなく、そればかりか、パレスチナ人を難民にした「不正」が、あたかもこの「愛」の誕生を動機付けたものでもあるかのように言及されるとき、この挑発的な「愛」の告白を支えている愛の論理と法の論理の間の優先権はいよいよ決定しがたい。この二つの論理は奇妙なかたちでたがいに内属しあっているのであり、後期ジュネの諸作品の政治性を語る場合に固有の困難は、おそらくここに由来する。

この「愛」の強度を、フェダイーンに対するジュネの関心が本質的に同性愛的なものであることを抜きに説明しようとすることは無意味であろう。だがそれは、本来非政治的な、「私的な」性格のこの「愛」が、彼の「公的な」政治判断を外側から動機づけたという意味ではない。この

「愛」自体に内在する、そこでは公／私という対立が安定して機能することを止めるような別種の政治性こそが問題なのであり、私たちにいまだ欠けているのはこのような「政治」を語りうる言語なのだ。

この小論の目的は、このような言語の発見／発明のための前提となる作業の輪郭を素描することにあり、そのために、①最初に確認されたように、ジュネにとっての〈パレスチナ〉とは必ずしも回復されるべき地理的実体ではないことを踏まえつつ、彼の政治論と芸術論に共通して伏在している独自の〈場〉の思想を掘り起こし、②このような〈場〉の成立が、共同体の男女両性の伝統的関係の徹底化の果ての中断と不可分であることを示そうとするものである。死の間際にジュネが自ら与えた最後の名、「恋する虜」は、プラトンが『パイドロス』で語る「恋する人《エラステース》」を思い起こさずにはいない。パレスチナ人とはこの意味で彼にとってなによりもまず美しい民であった以上、その男たち、女たちの美を前にした彼の感嘆の、そしてこの感嘆のなかで、そこから出発してなされた思考のなかにこそ、この類い稀な政治的恋愛劇の本質が見出されるはずである。

2

「シャティーラの四時間」は、のちに『恋する虜』で詳細に語られることになる、一九七〇年秋から翌春にかけてのヨルダン内戦期のパレスチナ共同体と、八二年、イスラエルのレバノン侵攻とＰＬＯ戦闘員のベイルート撤退ののち、イスラエル軍監視下で九月十六日から三日間続いたキリスト教徒右派民兵による虐殺直後のパレスチナ・キャンプという、二つの場所、二つの時、二つの舞台の間で、靴紐を編み上げるように綴られたテクストである。私たちはまず、このテクストが証言する虐殺の犠牲者たちの沈黙に聴き従うことを学ばなければならない。

シャティーラの描写は、写真やテレビといった視覚メディアに内在的な、ある限界の指摘から始まる。

写真は二次元だ、テレビの画面もそうだ、どちらも端々まで歩み通すわけにはいかない。

（本書一〇頁）

こうして〈語り手〉は、自分に一つの使命を、すなわち、この場所で出会われる存在者のうち、写真やテレビの眼差しを本性上逃れ去るものの証人となるという使命を引き受ける。同じ箇所の終わり近く、この身振りが反復される時、今度はレンズの前から身を隠すこうした存在者のいくつかが名指される。

蠅も、白く濃厚な死の臭気も、写真には捉えられない。
（本書一二頁）

全世界の新聞読者、テレビの視聴者たち、送り届けられた〈情報〉と〈イメージ〉の消費者たちには知られざる、三昼夜続いた虐殺の翌日の、この〈場所〉の主人として、「蠅」と「死臭」は指し示される。いまの引用に先立つ部分に、この両者と〈語り手〉の最初の出会いが、淡々と、だが無限の読解へと誘う濃密さをもって記されている。

死んだ子供が一人で、時にはいくつもの通りを封鎖できた。道は非常に狭く、ほとんどか細いといってもよく、そして死体はあまりにも多かった。その臭いは年寄りには親しみやすいものらしい。それは私を不快にしなかった。だが、何という蠅の群。死体の顔の上に置かれていたハンカチかアラビア語の新聞を持ち上げるだけで、私は蠅の邪魔をしてしまった。この仕草に激昂した蠅たちは、大群をなしてやって来て私の手の甲に止まった。そしてそこからも栄養を貪ろうとするのだった。
（本書一一頁）

老齢を口実に「死臭」への近しさを公言し、「蠅」の餌となった自分の姿をさりげなく喚起する〈語り手〉、この二重の類縁性の下に、死者に同一化していく〈語り手〉の傾向は、すでにくっきりと現れている。「死者への友愛」ともよぶべき、この特異な、逆説的な情動こそ、この〈ルポルタージュ〉の最も顕著な特色をなすものであり、このカンヴァスの上に、一人一人の死者の細密な描写は浮かび上がる。そして同時に、死者の顔を見ようとして「ハンカチかアラビア語の新聞」を持ち上げたことが、何か許しがたい冒瀆ででもあるかのように「蝿」たちの襲撃を呼び起こし、こうして〈語り手〉と「蝿」の間にある、死体をめぐる奇妙な競合がほのめかされていることも注意を引こう。ジュネの読者なら、この昆虫がジュネの作品世界、とりわけ戯曲『屛風』の重要な形象であったことに思いを致さずにはいられないからである。だが、この点には差し当り立ち入らないことにしよう。

視聴覚機器による記録を拒絶するのは、しかし、「蝿」と「死臭」ばかりではない。この証人が断言する所を信じるならば、「死体」そのものも、それを見つめる眼差しに決して身を委ねはしない。「蝿」と「死臭」が写真に捉えられないと言われるのも、実は、死者の、「死体」の、死の、あの奇妙な特質を、それらがいわば換喩的に分有しているからにすぎないかのようだ。写真もテレビの画像も、視覚をただ複製するものである限り、「死体」についてなにごとも伝えることはできない。この証人にとって、「死体」は、少なくとも、客体ではないからである。

一人の死者を注意深く眺めていると奇妙な現象が生じる。体に生命がないことが、体そのものの完全な不在と等しくなる。というよりも、体がどんどん後ずさっていくのだ。近づいたつもりなのにどうしても触れない。これは死体をただ見つめている場合のことだ。ところが、死体の側に身をかがめるなり、腕か指を動かすなり、死体に向けてちょっとした身ぶりを示すと、途端に彼は非常な存在感を帯び、ほとんど友のように打ち解ける。　（本書一一二頁）

「メメント・モリ」の長く複雑な伝統にもかかわらず、あるいは、むしろその故にこそ、死者と、それどころか目前の「死体」と〈友愛〉の関係に入ることは、西洋の正統的思考には許容しがたい倒錯と映る。アリストテレスの二つの倫理学からハイデッガーの「共‐存在」の思想に至るまで、〈友愛〉はつねに、なんらかの形で調和と現前の価値に結び付けられてきた。たとえば『ニコマコス倫理学』では、「無生物を愛しても、これは友愛（philia）とは呼ばれない。けだし、ここには交互的な友愛が存在せず、「無生物のために善を願う」というようなことはありえない」、「相互応酬的な好意であってこそ友愛なのである(4)」と言われているし、さらに「(……生は本性的に善なのであり、善が自己のうちに現存していることを知覚するのは快適だからである)」という前提から、「自己の存在することが各人にとって好ましくあるごとく、同じ程度に、またはそれに近い程度において、友の存在することもまた好ましくあるのでなくてはならない(5)」という断定が下される時、他の感情ならいざ知らず、こと〈友愛〉に関しては、死者のための場は見出すことができない。また、ハイデッガーが「共‐存在」と呼ぶ存在様態が、「死への存在」としての現存在を前提している限り、もはや「私」と存在を分かち得ない死者、一切の自己関係を喪失した死者に、〈友愛〉の眼差しを送ることは不可能であろう。

このような伝統に、また、それが定着させてきた良識に反して、死者への〈友愛〉、さらには死者からの〈友愛〉、死者との〈友愛〉の贈答の可能性を、ここでジュネははっきりと肯定している。そして、このような死者の、死者との経験から出発してなされる報告こそ、写真でもテレビでもなく、ほかならぬ彼だけが証言し得たシャティーラの「真実」であった。

3

ここでいったん「シャティーラの四時間」の読解を打ち切ろう。実際、この死体の非‐現象性という「奇妙な現象」を、ジュネの他の作品、例えば『葬儀』が描き出す、ほとんど死体愛好的（nécrophile）という言葉を必然化させるような愛の形と重ね合わせ、死と同性愛の分かちがたい結びつきを、性愛《エロス》と友愛《フィリア》の間の分離・相克・動揺の問題として、主題的に、綿密に検討することは、単に魅力的であるばかりでなく、この作家の理解にとって不可欠な作業でもあるだろう。だが、ここでのわれわれの関心は、このような愛のなかに〈芸術〉と〈政治〉とが等しくその起源を持ち得たのはなぜか、そして後期の諸作品に顕著な、非－西洋世界、就中アラブ・オリエント世界へと向かう西洋からの離脱の運動が、ジュネにおける〈芸術〉と〈政治〉のこのような根底的共属性とどのように係わっていたのか、という問いを問うための予備的な考察にある。

そのためにはひとまずベイルートを離れ、パリに戻らなければならない。「シャティーラの四時間」で死者に帰せられたあの奇妙な運動、無限の後退と、友愛にあふれた到来の運動が、他のテクストにあっては芸術作品の運動でもあることをそこで見るために。パリ、作家の生誕の地、西欧の中心の一つである都市、だがそこにはまた、地下納骨堂のようなアルベルト・ジャコメッティのアトリエもある。

最初の詩編『死刑囚』から『恋する虜』に至るジュネの歩みに、その芸術観に、なんらかの不変の核が見出されるとすれば、それは何よりも、次のような揺るぎない確信であろう。すなわち、芸術作品とは、彼にとって、来るべき世界像の表現では決してなく、いかなる目的のためであれ、およそこの地上に生活する者が活用しうるものではない。それは、死者への供物にほかならない。この強力なモチーフはすでに、彼のテクストの多くが、冒頭に死者への献辞を掲げていることからも窺われる。「二十歳の殺人者モーリス・ピロルジュに」（『死刑囚』）、「その死が私の生に毒を注いで止まないモーリス・ピロルジュがいなければ、私が本書を書くことはなかっただろう。彼の思い出にこれを捧げる」（『花のノートルダム』）、「ジャン・ドゥカルナンに」（『葬儀』）、「アブダラのために」(『黒んぼたち』)、『綱渡り芸人』)、「若くして死んだ男の思い出に」(『屏風』)等々……。だが、このような献呈の身振りが、作者の夢想を育んだ死刑囚に対する想念や死んだ恋人への愛惜を越えて、作者の独自の芸術観に支えられていたことが明らかになったのは、やはり『アルベルト・ジャコメッティのアトリエ』のよく知られた次の一節からであろう。

芸術において革新者と呼ばれるものが、私にはよく理解できない。一つの作品は、未来の諸世代によって理解されるべきだというのだろうか? だが、なぜ? それにはどんな意味があるのか? この未来の世代なら、この作品を使いこなせるというのだろうか? 何のために? 私にはわからない。しかし、次のことなら――非常にぼんやりとだが――ずっとよくわかる。どんな芸術作品も、このうえなく壮大な規模に到達しようと望むなら、辛抱強く、その完成に向けた諸瞬間から、無限の集中力によって数千年を下っていかなくてはならず、出来ることなら死者たちの住む太古の夜に到達しなくてはならない。この作品のなかで、死者たちは、互いに認め合うことになるだろう。

違う、違う、芸術作品は子供の世代に向けられたものではない。数えきれないほどの死者たちに、それは捧げられているのである。死者たちはそれを受け入れる。あるいは拒む。しかし、私が語るこれらの死者たちは、かつて一度たりと生きていたことはない。あるいは、

私の方でそれを忘れているのだ。(6)

ここに見られるのは、芸術作品を、そして作品が身を置く〈場所〉を、一切の歴史的可能性の外部に置こうとする、絶対的に反時代的な精神である。作品の宛先が、かつて一度も現前したことのない死者たちであるならば、作品は決して、通常の意味で受け取られることはないだろう。死者による受け入れも拒否も、決して一つの出来事を構成しはしないだろう。だが、それでは、作品が、例えばジャコメッティの彫刻が、「壮大な規模に到達」しているということは、どのような形で認められるのだろうか。

忘れられることが多いが、この宣言的な基調《トーン》の芸術観の表明は、この直前に読まれる、ジャコメッティの彫刻に特有なある奇妙な印象の記述に続いて、それを前提としてなされている。そこでは、芸術作品の経験が、ある一般的な相で問題になっているといってもいい。

それら［ジャコメッティの彫刻］はさらに、こんな奇妙な感じを引き起こす。それらは親し気だ。街を歩いている。それなのに、それらは、時間の底に、すべての起源にあり、ある至高の不動性のうちで、近づくことを、遠ざかることを止めない。私のまなざしはそれらを手なづけようとする、それらに近づこうとする。すると——とはいえ、激昂するでもなく、激怒するでもなく、雷を落とすでもなく、ただ、それらと私の間にある距離のために、しかし、あまりに圧縮され縮小されていたがゆえに、それらが間近にあると思いこんだ私が気づいていなかった距離のために――それらは、はるか彼方へ遠ざかっていく。それらと私の間にあるあの距離が、いきなり繰り延べられたのだ。それらはどこへ行ったのか？　それらの像はまだ眼に見えているのに、それらはどこにいるのか？(7)

そして、作品の〈場所〉に関するこの自問に対する回答を準備するものこそ、芸術作品を死者への贈与として規定するあの断章だったのであり、事実、この断章は次の言葉で終わっているのである。

ここに現前しているとはいえ、私が語ったジャコメッティのこれらの彫像はどこにいるのだろう、死のなかでないとしたら？　そこからそれらは逃れてくる、私たちが呼びかけるたびに、私たちに近づくために。(8)

彫刻が、眼前にあるにもかかわらず無限のかなたへ遠ざかっていくとき、ひとは、それが「死のなか」にあることに、いいかえれば、死者たちがこの贈り物を受け入れたことに気づくのだ。

すこし先で、立像を土中に埋めようとしたことがある、というジャコメッティの告白に触れながら、「立像を埋めるのは、死者たちにそれを差し出すことだったのだろうか[9]」と自問する件《くだり》をも読み合せるならば、ここで「死」という言葉は、決してただ隠喩的なレベルでのみ用いられているのではないことが知られる。そして、ここで芸術作品について言われたことと、四半世紀ののちに、シャティーラのパレスチナ・キャンプにおいて行なわれることになる、夥しい死者たちとの無言の対話の基調となった死者の経験との間に、ある深い連関が存在することについては、もはや多言を要さないだろう。死者と作品とは、ほとんど相似の運動を示している。

だが、興味深いことに、このエッセイの末尾では、ジャコメッティの作品が非常に遠くからもたらす「なにか心安まる友愛と平安のようなもの」が語られながら、この「友愛」(amitié) という言葉にかすかな不安を覚えたかのように、直ちに修正が加えられている。「友愛」的な芸術という称号はむしろフェルメールにこそ相応しく、ジャコメッティの芸術の到達点はむしろ、「まったくナイーヴな新鮮さにおいて「この物」である事物の「まったき孤独」にあるとされるのである[10]。私たちの、すなわち、あらゆる存在、あらゆる事物の「もっとも確かな栄光[11]」である絶対的な孤独と、〈友愛〉の経験とは、対立こそしないまでも、この時期にはまだ、紙一重のところでつながっていないようにみえる。ほとんどタブーにちかい尊敬を強いる、かけがえのない、取り返しのつかない死者の孤独が、奇妙な反転によってそのまま〈友愛〉の根拠となるためには、ジュネはさらに遠くまで歩いていかなければならなかった。

4

晩年のジュネをパレスチナへと駆り立てたものはいったい何だったのか。その結果、彼の言語芸術にどのような変化が生じたのか。友愛も芸術も、いずれもその〈場所〉を彼が「死」と呼ぶ謎めいた様態のなかに持っていることを私たちは見た。だが、同じこの〈場所〉が、一つの民族の生誕の、根源の〈場〉でもあり得るとしたらどうであろうか。このようにして、芸術と政治とが、生誕と死とが、ある〈場〉において奇妙にも一致してしまうとしたら。

芸術と政治を、〈場〉の問いを介して統合しようとした、いわゆる「政治の美学化」の最も強力な試みが、三〇年代後半のハイデッガーの思考であることは言うまでもないだろう。一九三五年の『形而上学入門』と三六年の『芸術作品の起源』に見られるいくつかのモチーフの間の照応から、この思考のおおまかな力線を読み取ることができる。

ハイデッガーによれば、ギリシャ語のpolisを「都市」ないし「国家」とする解釈は不十分であり、それはなによりもまず、「居所であり、所（Da）、つまり、そこで、またそのようなものとして現‐存在《ダーザイン》が歴史的なものとしてあるような、そんな所(12)」として考えられなければならない。

では、このような「所」はどのようにして開かれるのだろうか。それは、まさしく一つの芸術作品を通して開かれる。その特権的な事例としてハイデッガーがあげるのは、ギリシャの神殿である。神殿は、「世界」を樹立し、「大地」を到来せしめ、この両者をある根源的な闘いのうちに統一する。ここでは差し当り、「世界」とは、個々の存在者をその本質のうちに照らしだす「明るみ」(Lichtung) の「開け」であり、「大地」とは、その上に、あるいはその中に生い育つものを自らのうちにかくまい隠し、自らもまた閉じ籠ろうとするものであると考えられる。

しかし、この「世界」と「大地」の対立は、不和、確執、相互妨害などではなく、それが「おのずときびしくなればなるほど、闘うものたちはそれだけゆずりあうことなく、じぶんの帰属するところへ切実にもどってゆく」ような原闘争であり、「この闘いを闘うことのうちに、作品の統一がおこなわれる」[13]。このようなものとして、芸術作品は、作者の主観の表出などではなく、むしろ、非隠蔽性(アレーテイア)の意味における真理の自己表出にその本質を持つものである。だがそれは、同時に、政治の起源たる〈場〉(polis) として、そこで「生と死、不幸と祝福、勝利と恥辱、堅忍と衰滅とが、人間の本質のために、人間の運命の形態をとる」ところの「軌道や関係」を、「まず結び合わせ、それと同時にじぶんの周囲へあつめてくる」[14]ものである。以上のような意味で、——例えば——、ギリシャの神殿は、歴史的な民族としてのギリシャ人の運命が、賭けられ、決定される〈場〉なのである。

政治と芸術とがその起源において共属し、相互に分節されるこのような真理の〈場〉は、それでは、ジュネにおいて、「壮大な規模に到達」した芸術作品がそこに身を持しているとされる、あの、この世ならぬ〈場〉、彼が「死」と呼ぶあの〈場〉とどのような関係に立つのであろうか。とりわけ、この同じ〈場〉が、もう一つの歴史的民族の生誕の〈場〉としても指し示され、そのことによって、「私たちの、もっとも確かな栄光」とされる死者の絶対的な孤独が、奇妙にも友愛の根拠へと反転し、ある〈政治的なもの〉を分泌し始めるとき、ハイデッガーとジュネのこの〈近さ〉と〈遠さ〉の間で賭けられているものは、いったい何なのであろうか。

　芸術作品が集約しつつ展開する「世界」と「大地」の闘争についてハイデッガーが述べていることは、『形而上学入門』で展開された、ヘラクレイトスの断片五三の彼独自の解釈に通底している。「戦い《ポレモス》は万物の父であり、万物の王である。そしてそれは或るものたちを神として、或るものたちを人間として示す、そして或るものたちを奴隷とし、或るものたちを自由人とする[15]」というこの断片から、その家族的 - 家父長制的含意を注意深く除き去りつつ、ハイデッガーは、「ここで言われているpolemosは、神的なものおよび人間的なもののすべてに先立って支配している争いであって、人間的な仕方による戦いではない」と注記する。そして、彼の注釈を次のように結んでいる。「(相互抗争は統一を引き裂いたり、破壊したりしない。むしろそれは統一を形成する、それは集約（logos）である。polemosとlogosとは同じである。[16])」

ここでpolemosと等置されているlogosは、一九五五年の『哲学とは何か』では、むしろ友愛（philia）に、さらには調和（harmonia）に関係づけられることになる。しかし、logosを介してのpolemosとphiliaのこの翻訳の関係を、この二つの解釈の間の時期にハイデッガーが経験した政治との係わりで問うことは、小論の課題ではない。ここでの私たちの関心は、芸術作品が挑発する世界と大地とのあの「闘争」こそ、「集約」という原義における「ロゴス」であり、そのようなものとして、「友愛」の本質にも通ずるものであると考えるハイデッガーの思考にこそ向けられなければならない。

『形而上学入門』において〈場〉としてのpolisの解釈が提示されたとき、問題となっていたテクストがほかならぬソフォクレスの『アンティゴネー』であったことがここでは重要である。ハイデッガーが扱っているのはこの戯曲の最初の合唱であるが、私たちが見たように、芸術作品が引き起こし、主宰するあの抗争（polemos）が、polisという〈場〉の成立に内在的であるとすれば、この悲劇の明らかな主題をなすクレオンとアンティゴネーの抗争に、ここでハイデッガーが一言も触れていないのは偶然だろうか。共同体の論理（「公」）と家族の論理（「私」）との、「人間の法」と「神々の法」[17]との（すなわち、ある意味では「世界」と「大地」との）、そしてなによりも、男と女とのこの抗争は、なぜここで問題にされないのであろうか。それは、この抗争が統一を生み出さない、ハイデッガーが理解する限りでの「友愛」としてのロゴスがついに集約しえない、別種の抗争であるからではなかろうか。ヘーゲルとジュネを同じ頁の左右に配して編み上げた複雑なテクスト『弔鐘』のなかで、この抗争のヘーゲルによる解釈を分析しつつ、「これこそ戦争というものである[18] (C'est *la* guerre.)」とデリダが書くとき、彼が狙っているのはヘーゲルばかりでなく、ハイデッガーにおける性的差異の問いのこのような抑圧の身振りと、その帰結として現れるいくつかの命題だったように思われる。そして、もう一つ、見落としえないことは、この抗争の端緒となったものが、一切の「軌道と関係」の集約点としてポリスの中心を定める神殿ではなく、共同体の外に遺棄され、埋葬を禁じられ、鳥獣の攻撃に晒された一個の死体、アンティゴネーの兄ポリュネイケースの遺骸であったことである。

先に見たような、ジュネの諸テクストを横断している芸術作品と死体との、同一視ではなく、無限の接近と、そこで語られる「友愛」と呼ばれる奇怪な情動が、ハイデッガーの〈場〉の思考ときわめて近しい構図を描きつつも、全く異質な政治を分節する理由は、ここに、この神殿と死体の間に求められなければならない。ジュネが「死」と呼ぶ作品の〈場〉が、民族の起源として政治の〈場〉に転化するとき、だが、その〈場〉において性的差異は決して還元されないであろう。

しかし、それでは、異邦人ジュネが訪れた〈パレスチナ〉、彼が愛した人々の住む〈パレスチナ〉はどこにあるのだろうか。

5

誰も、何も、いかなる物語のテクニックも、フェダイーンがヨルダンのジャラシュとアジュルーン山中で過ごした六カ月が、わけても最初の数週間がどのようなものだったか語ることはないだろう。数々の出来事を報告書にまとめること、年表を作成しPLOの成功と誤りを数え上げること、そういうことならした人々がある。季節の空気、空の、土の、樹々の色、それも語れぬわけではないだろう。だが、あの軽やかな酩酊、埃の上をゆく足取り、眼の輝き、フェダイーンどうしの間ばかりでなく彼らと上官の間にさえ存在した関係の透明さを、感じさせることなど決してできはしないだろう。すべてが、皆が、樹々の下でうち震え、笑いさざめき、皆にとってこんなにも新しい生に驚嘆し、そしてこの震えのなかに、奇妙にもじっと動かぬ何ものかが、様子を窺いつつ、保留され、庇護されていた、何も言わずに祈り続ける人のように。

（本書七—八頁）

〈パレスチナ〉という固有名詞に対応するある〈民族的なもの〉が生れ落ち、あえてハイデッガー的な言葉を用いるなら、一つの〈運命〉が決定された瞬間を、そしてその喜びを、この一節は描こうとしている。だがそれは、一九七〇年十月、のちにファタハから別れたゲリラ部隊の名として世界に知られることになる「黒い九月」事件の翌月のことである。二万人のフェダイーンの命を奪ったヨルダン内戦の渦中である以上、この生誕は、すでに深く死に浸透されてもいた。イスラエルによって土地を剝奪された旧オスマン帝国の一属州の住民が、二十年の流謫ののち、宗教的系譜の上に樹立されたアラブ王制との死を賭した戦闘のなかで、初めて一つの歴史的民族となった瞬間。ほかのテクストで、ジュネはこの事態を、「彼らは自分たちがアラブ人であることを知っていた、彼らはパレスチナ人たらんと望んでいた」[19]と、簡明に規定している。

だが、ここでもまた、アクセントが二重に置かれていることに留意しなければならない。当然のことだが、パレスチナ人となるためには、ひとはまずアラブ人でなければならない。〈パレスチナ〉という民族の誕生は、〈アラブ的なもの〉の革命的転形の所産なのだ。であるからこそ、ジュネは、とりわけ『恋する虜』において、言語・宗教・文化あらゆる面での〈アラブ性〉に細心の注意を払い、それが抵抗運動のなかでいかに変貌しつつあるかを克明に語ることになる。しかし、そのなかでも、彼の関心を最も強く捉え続けたのは、アラブ社会における男女両性の伝統的関係と、パレスチナ革命という出来事を他の諸々の革命から区別するその固有の質の間の連関であった。

先に引いた箇所で描かれているのはフェダイーンの軍事基地であり、ここで他者との「関係の透明さ」を、至福の時を生きているのは、皆、男たちであることを見落としてはなるまい。少し先で「美」とも呼ばれるこの「存在の幸福」が、女の不在を条件とするものであることは、終わり近くで次のように再確認されている。

この一切は可能だった、若さのゆえに。樹の下にいること、武器とじゃれ合うこと、女たちから離れていること、つまり難しい問題をはぐらかしておけること、(……)

(本書五九―六〇頁、傍点引用者)

それでは女たちはどこにいるのだろうか。彼女たちは、男のいない難民キャンプを管理し、共同体の維持・再生産を引き受けている。このテクストで一見唐突に名指されているハンナ・アレントの用語でいえば、「労働」に従事しているのである。[20] このように、パレスチナ共同体は、その起源において、基地とキャンプとに「自己」分割している。ここに、アラブ社会、あるいは、同一化は厳に却けられなければならないが、パレスチナでも多数派であるイスラームの社会における、男性空間・女性空間の厳密な分離の、例外的状況における一層の徹底化を、そしてこの徹底化が逆説的にも惹起する、伝統的諸関係の中断《エポケー》を見ることができよう。[21]

ジュネの演劇が、西洋の伝統的演劇概念の直接的な否定に向かうのではなく、それに固有のイメージの論理をその極限的な帰結にまで押し進めることで摩滅させる試みだったように、ここでもまた、パレスチナの女たちの解放への最初の一歩は、伝統的関係のある面での徹底化を梃子として踏みだされる。このことの一つの帰結として、西洋的な対の神話の模倣的受容はアラブの女にとって解放ではありえないとする、戯曲『屛風』にすでにこめられていたジュネの見解が再び見出される。この深く同性愛的な感受性が捉えたパレスチナの女の美、フェダイーンの美とは異なったこの美をめぐる省察こそ、アラブ世界の革命をめぐる最晩年のテクストの最も興味深く複雑な層を形づくるものにほかならない。

キャンプにはまた違った、もう少し押し殺したような美しさが、女と子供の支配によって定着していた。戦闘基地からやって来る光のようなものをキャンプは受け取っていた。そして女たちはと言えば、その燦きは、長く複雑な討論を経なければ説明がつかない類のものだった。（本書二八頁）

「光」は「戦闘基地」から、すなわち一見より死に近い〈場所〉からやってくる。とすると、女の美はやはり、派生的、二次的な様態変化にすぎないのだろうか。だが、この外見上のヒエラルキーは、次節で早くも、ひそかに転倒されることになる。そしてこの転倒は、ある種の擬態の運動を通して生じるのである。

アジュルーンの森で、フェダイーンはきっと娘のことを考えていたのだろう。というよりも、ぴったりと身を寄せる娘の姿を、一人一人が自分の上に描き出し、あるいは自分の仕草で象《かたど》っていたようだ。だからこそ武装したフェダイーンはあんなにも優美であんなにも力強く、そしてあんなにも嬉々としてはしゃいでいたのだ。
（本書二九頁）

ここから一連の、パレスチナの女たちの印象的な肖像が展開してゆく。その果てに、私たちは、一つの根源的な場面へと導かれる。「パレスチナの革命にも抵抗運動にも属していない」い最も年老いた女たち、彼女たちの存在において、この民族とその「大地」との関係は、ある演劇の空間として開示されることになるのだ。

この女たちの目は今も見ているのだ、十六の時にはもう存在していなかったパレスチナを。とはいえこの女たちにも、結局のところ一つの大地《ソル》はあった。その下にでも上にでもなく、そこではちょっと動いても間違いになるような不安な空間のなかに女たちはいた。この上なく優雅な、八十過ぎのこの悲劇女優たちの、裸足の足の下の地面は堅固だっただろうか。次第にそうは言えなくなっていた。
（本書三一一―三一二頁）

女たちは何も演じているわけではない。彼女たちとその「大地」の関係が、「悲劇女優」と演劇の舞台の関係なのだ。このようにして開かれた空間こそジュネの〈パレスチナ〉にほかならず、この間隙で、共同体の男女二つの半身は相互に触発する。フェダイーンはその仕草によって娘の仕草を描き、そうして生れた美の輝きをキャンプの女たちは受け取るだろう。演劇性におかれた強いアクセントにおいて、これは、ハイデッガーが説く「世界」と「大地」の「抗争」とは全く別の場面である。いかなる頽落の契機においてでもなく、共同体はその起源において、つねにすでに性的分割のなかにあり、いまだいかなる統一も知らず、ほかならぬそのことによって革命を生きている。このような原風景が、『恋する虜』において、ハムザとその母の限りなく美しい物語に結晶してゆくことを私たちは知っている。「美には傷以外の起源はない[22]」。

それにしても、ジュネの晩年の諸著作とともに、パレスチナ人に対する彼の「愛」とともに、政治は再び美学化されたのだろうか。それとも芸術が、かつてない形で政治化されたのであろうか。この問いが問われる〈場〉がもはや西洋ではなくアラブ・オリエントであるとき、とりわけ〈パレスチナ〉と呼ばれるとき、この問い自体が蒙る変形のことを、ジュネを読み続けつつ、私たちはさらに考え続けなければならない。

(1) « *Jean Genet* », in *Revue d'études palestiniennes*, n°20, été 1986, p. 3.
(2) 『恋する虜』、鵜飼哲・海老坂武訳、人文書院、一九九四年、八頁。
(3) 本書所収「シャティーラの四時間」。以下、同テクストからの引用は本文内に頁数を付す。
(4) 『ニコマコス倫理学』、高田三郎訳、岩波文庫、一九七三年、下巻、六九頁。訳語を一部変更した。
(5) 同書、下巻、一四〇―一四一頁。
(6) 『アルベルト・ジャコメッティのアトリエ』、鵜飼哲編訳、現代企画室、一九九九年、九―一〇頁。
(7) 同書、九頁。
(8) 同書、一〇頁。
(9) 同書、二八頁。
(10) 同書、五三―五四頁。
(11) 同書、一六頁。
(12) 『形而上学入門』、川原栄峰訳、平凡社ライブラリー、一九九四年、二五一頁。
(13) 『芸術作品のはじまり』、菊池栄一訳、理想社(ハイデッガー選集12)、一九六一年、六〇頁。
(14) 同書、四八頁。
(15) 『初期ギリシア哲学者断片集』、山本光雄訳編、岩波書店、一九五八年、三三頁。
(16) 『形而上学入門』、一〇七頁。
(17) ヘーゲル『精神現象学』、樫山欽四郎訳、河出書房、一九七三年。
(18) Jacques Derrida, *Glas*, Galilée, 1974, p. 166.〔日本語訳『弔鐘』、鵜飼哲訳、インスクリプトより刊行予定〕性的差異の問いの、ハイデッガー特有の回避の身振りについてはデリダ「ゲシュレヒト――性的差異、存在論的差異」（« Geschlecht—différence sexuelle, différence ontologique » in *Psyché*, Galilée, 1987, pp. 395–414〔日本語訳：高橋允昭訳、『理想』一九八五年七、十月号〕）を、〈場〉のモチーフの神学的・哲学的・政治的射程については同じ著者の「いかにして語らないか＝どうして語らずにいられよう」（« Comment ne pas parler ? », *ibid.*, pp. 535–595）を参照。また、よりハイデッガーに即した形で同じ問題を分析したすぐれた仕事として、高橋哲哉「回帰の法と共同体——存在への問いと論理学のあいだ」（『逆光のロゴス』、未來社、一九九二年所収）がある。

（19）« Les palestiniens » (vus par Bruno Barbey, texte de Jean Genet), in *Zoom*, n°8, 1971, p. 92.

（20）鵜飼哲「「兄弟のごとく、時おなじくして、愛と死が……」」（『抵抗への招待』、みすず書房、一九九七年所収）参照。

（21）アラブ・イスラーム文化こそ最も反女性的で男性中心的な文化形態であるとする考えが、西洋人の「東洋」一般に対する根深い偏見の核に見出される。この思想の最も精緻な表現は、イスラームこそ西洋的男性（そして自民族）中心主義のモデルであり、いわば超西洋であるとする、レヴィ＝ストロース『悲しき熱帯』の最終章に見出されよう。この観点からパレスチナ問題を見た場合、例えばボーヴォワールのように、西洋的価値観が流通し、インドと並んで初めて女性の首相（ゴルダ・メイア）を持ったイスラエルを全面的に支持する立場につながりかねない。問題は深刻かつ複雑であり速断を許さないが、とりあえず次の二点は原則的に確認されるべきであろう。①女性の解放についての西洋的理念を無批判に普遍化する立場からは新しいタイプの西洋中心主義イデオロギーが発生しうること。②しかし、この傾向に対する単純な反発から、文化相対主義の名のもとに現状を容認することは裏返しの誤りであり、最悪の場合には原理主義的主張に行き着きかねないこと。このような二重拘束的状況を見据えた上で、パレスチナの女が独自の解放の内実と道程を発明する権利とその諸条件が問題なのではなかろうか。ジュネが書き遺したパレスチナの女の形象が、彼の特異な、個人的な感性の相関物であることを越えて興味深いのは、ジュネがパレスチナ革命の固有の質と考えた、非近代主義的な脱宗教化とも呼ぶべき定義上未知の関係性へのベクトルを、男よりも女の方がしっかりと指し示しているからにほかならない。本書所収「ジャン・ジュネとの対話」における、この問題についてのジュネの発言（一一三―一一七頁）参照。

(22)『アルベルト・ジャコメッティのアトリエ』、八頁。

生きているテクスト——表現・論争・出来事

鵜飼哲

1　ベイルート・一九八二

一九八二年六月六日、イスラエル国防軍は数年来占領していたレバノン南部から、激しい空爆とともにベイルートに向けて進軍を開始した。「ガリラヤの平和」作戦の始まりである。以後三カ月、イスラエル軍包囲下で、パレスチナ解放機構（ＰＬＯ）とレバノン左派勢力による首都防衛の闘いが続く。八月十八日、アメリカの調停によりようやく停戦が成立し、米、仏、伊三国から派遣された多国籍兵力引き離し軍の監視のもと、ＰＬＯの戦闘員は海から、さらなる離散の地、シリア、ヨルダン、イラク、南北イエメン、スーダン、チュニジアに旅だっていった。

停戦の合意内容には、当然のことながら、後に残されたパレスチナ人民間人の保護の約束が含まれていた。しかし、九月十四日、事態は急変する。三週間前選出されたレバノンの新大統領、キリスト教マロン派の指導者バシール・ジュマイエルが、党本部の爆破によって暗殺されたのである。イスラエル軍は協定を破り、ただちに西ベイルートに進駐し、パレスチナ・キャンプを包囲する。口実は虐殺を阻止すること、実際に行なったことは、ジュマイエル配下のキリスト教右派民兵を、壁に記された「ＭＰ」(meeting place) という暗号で誘導し、「残存テロリスト」掃討の名目でキャンプに入れることだった。虐殺は起き、イスラエル軍監視下で三日三晩続いた。十八日土曜日の午後、虐殺が止んでまもなく事実は知られ、「サブラ・シャティーラ」の名は世界を駆け巡った。

現場に入った最初の人々のうちにフォト・ジャーナリストの広河隆一氏がいた。広河氏の写真と文章とともに、虐殺の知らせは日本にもただちに伝えられた。また、当時ベイルートで活動していた看護婦の信原孝子氏の証言もやがて伝わってきた。こうして出来事の衝撃は生々しく私たちのもとに届けられた。抗議の集会が相次ぎ、多くのデモが組織された。

2　「発見」から翻訳まで

一九八四年九月、私は留学生としてパリで生活を始めた。「シャティーラの四時間」を読む用意は、そのときすっかり整っていたはずだった。私はジャン・ジュネの作品研究をテーマに選んでいた。単行本化された著作はすべて読んでいた。一九七〇年代初頭、彼がヨルダンとレバノンのパレスチナ・キャンプを訪れた経緯も、「パレスチナ人たち」（武藤一羊訳、『中央公論』一九七四年六月号）によって知っていた。「シャティーラの四時間」が掲載された『パレスチナ研究誌』六号を「発見」し、入手したのは渡仏後間もない頃だった。

しかし、私はいま、この作品をなかなか読む気持ちになれなかったことを思い出す。「冷戦の終焉」や「〈九・一一〉以後」といった時代画定の操作によって、今日私たちは、一九八〇年代初頭、世界各地で頻繁に虐殺が起きていたことを忘れがちだ。一九八〇年五月の韓国では、やはり大統領暗殺に端を発する激動のなかで、軍の専横に抗して光州市民が蜂起し、市庁舎を占拠して戒厳令の解除と民主化を訴えた。やがて開始された弾圧は苛酷を極め、数千人の人々が惨殺された。この事件の衝撃は日本ではとりわけ大きく、「サブラ・シャティーラの虐殺」もその余波のなかで受け止められたところがあった。右派独裁政権下のラテンアメリカ各国からも虐殺の報道は絶えなかった。そうした報告に日々接していた私は、この時期、〈ジュネを読む〉という経験に、それとは別のものを求めていたのかも知れない。

その頃、私はジュネに手紙を書いている。東アジア反日武装戦線の被告に対する支援を要請するためだった。ガリマール社宛に送ったこの手紙に返事は来なかった。後から思えば、それはジュネが『恋する虜』の執筆に最後の力を傾注していた時期に当たる。「シャティーラの四時間」を最初に読んだのがその前だったか後だったか、今ではもう判然としない。いずれにせよ、この作品との真の出会いは、一九八六年四月十五日の作者の死の後に訪れた。五月、『恋する虜』が出版される。みずからの人生にとってパレスチナ経験がもった意味を縦横に探求した最後の大作に私は釘付けになった。『パレスチナ研究誌』編集長エリヤス・サンバールから「シャティーラの四時間」の翻訳許可を得たのはこの年の終わり頃だった。

私はこのテクストを、当時住んでいたパリ大学都市モロッコ館の図書室で翻訳した。モロッコ人学生のマグリブのアラビア語による会話がときおり聞こえてくる空間で、パレスチナ人とレバノン人の腐乱する死者たちの間をさまよう老いたジャン・ジュネの歩行をフランス語から日本語に移す試みは、いま思うと、なにか悪夢のなかを懸命に泳いでいるような、どこか宗教的苦行にも通じるような作業だった。全編に浸透する、たがいに異質な、特異な、激烈な情動の数々を、しかし、原文からは明らかに伝わってくるある種の調和の感覚とともに、なんとか伝達するすべを見出さなければならなかった。ただ一つの言葉の翻訳が、この出来事の歴史的条件に関する厳密な知識を要求した。翻訳という仕事の困難を、要するに、私はこのときはじめて経験したのだった。

今回の出版にあたり若干誤訳を訂正したところ、改訳を施したところもあるが、基本的には初版の形に手を加えることは極力差し控えた。翻訳の言葉には否応なく、訳者の年齢の、そして到達言語の各時代に固有な感性の刻印が残る。それらを消し去ることが、原作にとってかならずしも幸福とは思われなかったためである。ただし、アラビア語の表記に関しては、歴史的に定着している固有名詞をのぞき、原則として原音表記に改めた。(1)

3　上演された「シャティーラ」

この作品に関する私なりの読み方は、本書に再録された論考を含め、これまで何回か発表してきた。旧訳が単行本の形で出版されるこの機会に、私はむしろ、九〇年代以降、このテクストをめぐって主としてフランスで現れたさまざまな表現や評論に触れることにしたい。まず論集『シャティーラのジュネ』(2)が一九九二年、虐殺十周年の年に出版された。その機縁となったのは、その前年、ル・アーヴル市文化会館「ヴォルカン」で行なわれた「シャティーラの四時間」(演出＝アラン・ミリアンティ)の上演だった。初演日が湾岸戦争の開戦と重なって中止を余儀なくされたこの舞台を、私はのちにパリ郊外のジュヌヴィリエ劇場で見ることができた。瓦礫の下から現れた女優(クロティルド・モレ)がただ一人この作品を全編朗読する。その緊迫した時間がいまも鮮烈に体の奥に回帰してくるのを覚える。演劇批評家ジョルジュ・バニュは、今では伝説と化したこの舞台を、同書所収のエッセイ「二重の台座に据えられた小さな胸像のように」でジャコメッティの彫刻に比較している。(3) 虐殺を証言する男（ジュネ）の言葉を、虐殺のサバイバーである（私の眼にはむしろ、蘇生した、あるいは亡霊と化して回帰した犠牲者と見えた）女が語る。そのとき、バニュによれば、作者の声の還元不可能な単独性は、演劇の極北、彫刻との境界で、かろうじて分有されるに至るのである。

一方、この上演を手がけた演出家ミリアンティは「恥辱の息子」（Le fils de la honte）と題する文章を寄せている。(4) 制作の過程で「シャティーラの四時間」を再三熟読した彼は、このテクストの構成上の要を「恥」（honte）という一語に見出す。そして女装の男娼たちが「恥辱の娘たち」（les filles de la honte）と呼ばれる『泥棒日記』に遡行して、ジュネにとって「恥を担う／孕む」（porter de la honte）ということが何を意味したかを熟考する。ジュネが七〇年代初期のパレスチナ・キャンプで発見したフェダイーンの身体から発するあの「光」は、この「恥辱」から飛び出したもの、しかし、その胎内で育まれたものだ。このことこそが、ミリアンティによれば、ジュネが語る革命家の「美しさ」を、美学的政治の鋳型に押し込むことを禁ずるのである。

この論集にはまた、ジュネが一九七二年にパレスチナ組織に委ねたエッセイ「パレスチナ人たち」が、英訳からの再訳の形で収められている。この文章は当時英訳だけがアメリカ合州国で出版され、先に触れたように日本では一九七四年以来知られていた。フランス語原文はベイルートのパレスチナ研究所に保管されていたが、一九八二年、イスラエル軍に押収されて失われた。

ジュネの没後四半世紀の間、彼の作品は、世界各地で、主として身体表現に携わる人々の間で真剣に読み継がれてきたように思われる。「シャティーラの四時間」の舞台化は日本でも、私は残念ながら見ることができなかったが、劇団「クアトロ・ガトス」が二〇〇一年に名古屋で試みている。[5] その後、京都造形芸術大学舞台芸術センターで、舞踏家山田せつ子を中心に、二〇〇六年から三年におよぶプロジェクト「恋する虜」が精力的に展開された。[6] この試みは現在も、演出家三浦基と劇団「地点」とのコラボレーションに形を変えて続行中である。また、八戸の劇団「モレキュラー・シアター」も「シャティーラの四時間」を組み込んだ表現実験を繰り返し試みており、豊島重之演出の「DECOY」(二〇〇七)、「ILLUMIOLE ILLUCIOLE」(二〇〇八)、「MOUTHED」(二〇〇九)は、いずれも忘れ難い舞台となった。

フランスでも、『バルコン』『黒んぼたち』『屏風』などはコンスタントに上演されており、若手の演出家による大胆な発明に満ちた印象的な舞台も少なくない。プレイヤード版も二〇〇二年に戯曲の巻のみが刊行された。一方、「シャティーラの四時間」のほかにも、ドニ・ラバンによる「犯罪少年」の朗読のように、原作が演劇用に書かれていない場合でも、注目すべき舞台化の試みが存在する。その最新の一例はアルバニア系の舞踏家アンジュラン・プレルジョカージュが昨秋パリ市立劇場で、三十年越しの偏愛を舞台化してみせた「綱渡り芸人」の見事なパフォーマンスだろう。

4 「敵」の解釈

それとは対照的にパリの文学・思想界、とりわけ大学を中心としたアカデミックな文学研究の領域では、二〇〇〇年代に入って、ジュネを反ユダヤ主義者として指弾する傾向が顕著に現れてきた。二〇〇〇年八月のスリジィ＝ラ＝サルにおけるコロックではまだ周縁的だったこの問題は、同年九月末の第二次インティファーダの開始、そして翌年九月十一日以降の世界的な情勢の悪化とそれにともなうフランス世論の一部における反アラブ、反イスラーム感情の激化を背景に、次第にこの作家を論じる際のトポスのひとつに迫り上がってきた。そして、「シャティーラの四時間」は、このタイプのアプローチを採用する研究者の主要な標的とされるようになっていったのである。

エリック・マルティ「シャティーラのジャン・ジュネ」は、虐殺二十周年の二〇〇二年の暮れに、『レ・タン・モデルヌ』誌に発表された。(7) ロラン・バルトの全集編者による七十頁近いこの大論文は、フランス、さらには西洋諸国のジュネ研究者の間で大きな波紋を呼んだ。「ジュネは反ユダヤ主義者である、あるいは反ユダヤ主義者を演じている」[8]という一文で始まるサルトル『聖ジュネ』の注のひとつを、マルティは彼の考察の出発点に据える。そして、彼がジュネの「形而上学的存在論」と呼ぶものを、サルトルの議論に即してキルケゴール的な悪の定義、「〈善〉に対する不安」によって規定する。「カインの裔」であることを根源的に選択したジュネにとって、ユダヤ人は永遠に〈善〉を体現する敵対的な存在である。そのために、マルティによれば、ナチス・ドイツとヒトラーへの特異な関心が散見される初期作品からパレスチナ解放運動支援を核とする後期の政治評論まで、ジュネのテクストにはユダヤ的なものに対する強迫的な破壊衝動が間歇的に表面化するのである。

マルティは「シャティーラの四時間」を四つの「企図」(projet)の複合として分析する。第一の「企図」は「ゲルニカ」と呼ばれる。一九三六年、ドイツ空軍によるゲルニカ村の無差別爆撃を告発する目的でピカソが制作した作品がその芸術的過剰において衝撃的であるように、ジュネによるシャティーラの死者たちの克明な描写は、性的幻想や虐殺者の喜悦の空想に場を与えることによって、無垢な犠牲者表象を要求する政治的レアリスムの規範を逸脱する。

続いてマルティは、彼がこの作品の第二の「企図」とみなすものを「悲劇的思考」と規定する。ジュネによるパレスチナ支援の論理は、彼によれば、イスラエル建国による住民の離散、土地からの追放を運命愛的に肯定するため、加害者の告発という政治的要請を裏切り、歴史的、具体的な被害を悲劇的宿命に転化する志向性を持つ（この論点をマルティは「だが不正のためにこの人々が浮浪の民にならなかったとしたら、この人々を私は愛していただろうか」という一文の解釈から引き出している。同じ箇所の別の解釈の可能性については本書所収の拙論を参照していただきたい）。

ここまでの議論でマルティが主張していることは、要するに、ジュネが彼の「形而上学的存在論」に規定されているかぎり、ジュネは言葉を、「倒錯」的に、裏切りのためにしか使用することができず、真理への信を不可欠とする政治的発話は不可能だということである。だが、シャティーラで目撃した出来事はあまりに衝撃的であり、パレスチナの歴史的現実はあまりに重い。ここでジュネは彼の本来的な実存の運動に反して、否応なく「証人」の立場を引き受けることになる。このテクストの第三の「企図」は、したがって、「証人」になることであり、それは「言葉によって〈善〉を希求する」ことにほかならない。このとき、マルティによれば、ジュネのなかで「〈善〉に対する不安」の中断が生ずる。しかし、ジュネにとってこの立場は維持し難い。シャティーラでこの矛盾は極限に達する。そのとき、ジュネの作品の他のどこよりも明確に、ユダヤ的なものとの彼の関係があらわになる。「シャティーラの四時間」の第四の「企図」を、マルティは「ユダヤ的存在の道徳的存在論」（l'ontologie morale de l'être-juif）と命名する。

おそらくは、まだ地表すれすれにある死と隣り合っているがゆえに、すべてがフランスよりも真実なベイルートで、私はこれを書いている。模範であることに、不可触なことに、無慈悲に追及する復讐の聖女と化したと思い込みその立場を利用しつくすことに、イスラエルはもううんざりしてしまったのだ。ほとほと嫌になったのだ。そこで今度は自分が裁かれる側に回ろうと、冷たい覚悟を決めたのだ。ここにいるとそうとしか思えない。（本書四一頁）

「シャティーラの四時間」のこの一節にマルティが読み込むのは、ユダヤ人＝イスラエルを「カインの民」に転化しようとするジュネの意図である。「（……）ジュネにとって問題は、シャティーラを通してイスラエルのカインへの変身を粗描すること、イスラエルをカインの立場に立ち至らせることである。それはもちろん殺害の立場であるが、より絶対的には裏切りの立場であり、そこではどんな言葉も持続しない絶えざる拒否の立場である」(9)。マルティはジュネが冒頭に引用したメナヘム・ベギンの言葉が、クネセット（イスラエル議会）におけるもとの発言と異なること（この事実は『公然たる敵』の注で編者によって指摘されていた［本書六五頁参照］）を、弟アベルを殺害したのちにカインが神の審問に答えた言葉と接近させることを目的とした故意の改竄とみなす。だが、マルティによれば、ジュネにとってユダヤ人は、性の転換を知らない、それゆえ変身不可能な存在である。そのため、ユダヤ人をカインへと変身させようとするジュネの「希望」は最初から挫折する定めにある。現にイスラエル世論は、虐殺抗議の大規模なデモによって、カインへの変身を拒否したではないかというわけだ。こうしてマルティは断言する。「失望が希望に先行していなければそもそも反ユダヤ主義は存在しないだろう[10]」。

5　テクストから出来事へ

エリック・マルティが文学テクストのしたたかな読み手であることは確かである。彼がジュネの「反ユダヤ主義」と呼ぶものを人種主義的偏見から区別し、その例外的独異性において規定しようと努めていることも認めるべきだろう。そのうえで、以上のような「シャティーラの四時間」の読解が、相当に無理な議論の積み重ねのうえに成り立っていることは指摘しておかなければならない。そもそもこの一節でジュネが語るイスラエルの「変身」はアベルからカインへの変身ではなく、続く一節から明らかなように、〈神の奴隷〉から〈現世の主人〉への変身である。「形而上学的存在論」にすべてを帰着させようとするあまり、彼のアプローチはかえって、ユダヤ的なものをめぐるジュネの挑発的な考察のうちで真に問うべき事柄を看過してしまう。ここでは最後の論点にのみ触れておこう。

イスラエル成立以前のヨーロッパ・ユダヤ人の存在様態および広く分有されていた心性を想起

するならば、一九四八年の建国以後、とりわけ一九六七年の第三次中東戦争以後に、ユダヤ人のうちイスラエルと同一化した人々の精神構造に大きな変化が生じたことは周知の事実である。ユダヤ教的「受動」性からシオニズム的「能動」性、さらには攻撃性へ、〈女性性〉から〈男性性〉への「変身」は、ある意味で、劇的な形で起きたのだ。先の引用に続く一節でジュネは書く。「巧みな変身だった。だが予想はついたはずだ。かくしてイスラエルは久しい以前からそれに備えてきたものに、今では流行らなくなったおぞましき植民地権力、時間のなかのはかない一権力でありながら、長い悲運と神に選ばれたことを楯に、自分自身で定めた法にしか従わぬ最終審級になりおおせたのだ」。

この一節に問題があるとすれば、ジュネがここで、ユダヤ人とイスラエルを同一視していることだろう。そしてそれと相即的に、この「変身」は「予想可能」(prévisible)だったと彼は述べる。この断定の背後にはニーチェ的な「奴隷道徳」論に近い思考が働いているように思われるが、果たしてそれだけだろうか。マルティは一方でユダヤ人とイスラエルの同一視においてジュネと同じ観点に立ち、他方でジュネにとってユダヤ人は〈善〉の化身であり「変身」不可能な存在であるという命題——それを信じているのはジュネよりも評者自身のように思われる——に固執するため、この重要な問いをみずからに禁じざるをえないのである。

マルティの論文にはジュネのテクストの解釈以上に、サブラ・シャティーラの虐殺とその後の中東情勢そのものに関する論評によりいっそう問題が多い。この虐殺が世界的な非難を浴び二十年後もなお記憶され続けている理由は何か。マルティによればそれは、この記憶がレバノン内戦中の他の虐殺、アラブ人同士の数々の虐殺事件を隠蔽し忘却させる遮蔽記憶の役割を担っているからだ。そのときスケープゴートに祭り上げられたのがアリエル・シャロン（当時のイスラエル国防相で「ガリラヤの平和」作戦の責任者。二〇〇一年から首相）である。この「供犠」を執行することでレバノンの諸勢力は「兄弟殺し」の内戦を停止し、唯一の「外敵」イスラエルに対する結束を固めるに至った。虐殺の責任はすべてシャロン＝イスラエルに帰せられ、直接虐殺に手を染めたファランジストは誰も処罰されなかった。同じ虐殺に対する反応でも、マルティの眼には、アラブ人の行動は衝動的「群衆」の集団的反応、イスラエル人の反戦デモへの参加は「倫理的主体」の個人的決断と映る。

ジラールによれば、スケープゴートの、模倣的発作の問いは、ユダヤ教およびキリスト教という一神教によって、この現象が旧約聖書（ヨブ、ヨセフ等）および新約聖書（キリストの受難）で帯びる反神話的切断によって乗り越えられた。それは一神教においてはスケープゴートが無実であるという理由からばかりではなく、とりわけ、模倣的現象が打破されたという理由からである。群衆は間違っており、四散させられ、分割されたのだ。クルアーンにも模倣的過程を打破する固有の象徴的布置があるかどうか私は知らない。いずれにせよ、アラブの政治はすべて、これと反対に、このような過程の再活性化に依拠している。そして、この再活性化が西洋で受ける同意はすべて、異教と群衆性に根ざす大衆の巨大な行動に対する太古的な魅惑が、とりわけヨーロッパで、完全に復活しつつあることに起因していることは明らかである。[11]

「敵としてジュネを読む」と広言する批評家の政治思想は、こうして、「一神教」と「異教」の間で分裂し動揺していると彼が考える西洋を、アラブ的「異教」性に対抗して「一神教」、すなわち彼にとってはユダヤ＝キリスト教の原理のもとに再建し防衛しようとするものであることが明らかになる。この点でマルティの思想は、イヴァン・スグレが最近「親ユダヤ的反動」と呼んだ、ユダヤ性を肯定的とみなされた西洋的諸価値と同一視する、フランスにおける近年の思想的シオニズムの支配的傾向に属している。[12] このような思想の持ち主にとって、ジュネ晩年のパレスチナ関連の著作を攻撃し、ジュネの文学＝思想的遺産とパレスチナおよびアラブの知識人、とりわけフランス内外の親アラブ的とみなされた西洋左派との間に楔を打ち込むことは、きわめて重要な文化闘争の最前線なのである。

6 虐殺の動機

ファランジストの虐殺責任者エリ・ホベイカが二〇〇二年一月に暗殺された事件についても、マルティは平然とシリア犯行説を唱えている。だがそれは、シャロンがサブラ・シャティーラの虐殺に関して「人道に対する罪」に問われ、ブリュッセルの法廷で欠席のまま訴追され、証人喚問を受けたホベイカがイスラエルの虐殺への直接関与を明かす可能性が取沙汰されていた時期だった。サブラ・シャティーラの虐殺に関するマルティの認識はイスラエル側の調査結果をまとめたカハネ報告の枠を出ない。しかし、ジュネが虐殺の一部とみなした（本書八一頁参照）この報告には、意図的な沈黙や矛盾が数多くあることは当初から指摘されていた。

ジュネはウィーンにおける対話で、この虐殺をイスラエルが「望んだと言えるかどうかはむずかしい」と述べている（本書七九頁）。しかし、その一方で、「シャティーラの四時間」では、「木曜から金曜、金曜から土曜にかけての夜、シャティーラでヘブライ語が話されていたことなど誰も語るまい」というあるレバノン人の言葉を引用している（本書一九頁）。イスラエルでアラブ・ユダヤ人の解放運動「イスラエル・ブラックパンサー」を組織したのちPLOに合流し、その後パレスチナ自治政府の外相補佐を務めたイラン・ハレヴィは、イスラエルの諜報機関モサドのレバノンにおけるこの時期の活動が、カハネ報告から安全保障上の配慮を口実にオミットされていることを重視する。モサドは軍に属さず政府にのみ報告義務を負う。したがってイスラエルは、当時ベイルートで、事実上軍と諜報機関の二重の指揮系統のもとに行動していたのである。この点が解明されないかぎり、サブラ・シャティーラの虐殺に関して、イスラエルの責任の間接性は証明されたとは言えない。ハレヴィは一九八四年の時点で、この問題がいずれ国際的な司法機関の調査の対象となることを展望していたが、この出来事に関しては虐殺の機縁となったバシール・ジュマイエルの暗殺についてさえ、いまだ確実なことは知られていない(13)。米仏伊三国の兵力引き離し軍早期撤退の背景まで含めるならば、未必の故意というレベルで虐殺の共犯がどこまで広がるかも、今日なお不明である。

ジュネを含む多くの人々が当時イスラエルの直接関与に懐疑的だったのは、この虐殺がイスラエルにどんな利益をもたらしうるのか理解に苦しんだためである。先に引用した「シャティーラの四時間」の一節、「模範」であることに疲れ果てたイスラエルがいまや「裁かれる側に回ろうと、冷たい覚悟を決めた」というありえない想定は、この難問を前にしたジュネの遊戯的な自問自答の表現であることを見落としてはならない。しかしハレヴィは、イスラエルがこの虐殺を意図的に引き起こしたという仮定にたって三つの動機を推測している。

第一の動機は、虐殺によって難民キャンプの住民の間にパニックを引き起こし、ベイルート、さらにはレバノンから、再度難民化して「自発的に」出ていくよう仕向けることである。メナヘム・ベギンはイスラエル建国に至る第一次中東戦争中、民兵組織イルグン（リクードの前身）の指導者として、デイル・ヤシン村のパレスチナ人住民を虐殺の恐怖によって追い出す作戦に従事していた。第二の動機は、アメリカとの交渉の結果、民間人の保護の約束と引き換えにベイルートからの退去に同意したＰＬＯ指導部、とりわけアラファト議長に対するパレスチナ民衆の信頼を失墜させることである。それとともに、この決断によってＰＬＯが獲得した国際的な共感、「道徳的勝利」を消去する狙いもあっただろう。第三の動機は、サブラ・シャティーラの住民の半数以上がレバノン人であることを承知のうえで、レバノンの宗派間抗争に新たな火種を加え、復讐の連鎖を煽り、国家を統治不能に追い込んで、イスラエルがいっそう深く介入できる余地を作り出すことである。

7　国家による虐殺

その後の事態の展開を見ればイスラエルがこうした目的を達成したとはかならずしも言い難いが、当時の作戦行動の動機としてはこの推測には十分に説得力がある。他方、ハレヴィが指摘するように、サブラ・シャティーラの虐殺の国際的衝撃の大きさは、虐殺現場の映像がテレビによってただちに世界に送信された歴史上初めてのケースだったということとも関連している。「シャティーラの四時間」からも、著者がそのことを強く意識していたことがうかがえる。だが、それと同様に重要なことは、ハレヴィの著書の「テロルから国家による虐殺へ」という副題が示唆しているように、建国過程の虐殺や南レバノン占領地における事態が広く知られていなかった当時、この出来事が、イスラエルが国家としてパレスチナ民間人の虐殺に手を染めた初めてのケースと受け取られたことだろう。

一九八七年十二月のヨルダン川西岸およびガザ地区における民衆蜂起、インティファーダの開始とともに、パレスチナ解放運動の前線は一九六七年占領地に移行する。それ以降、オスロ合意直後のわずかな期間を除き、イスラエルによるパレスチナ人虐殺はもはやとどまるところを知らない。とりわけ第二次インティファーダの開始以降、〈九・一一〉後のアメリカと深く結託したイスラエルによる虐殺作戦は、分離壁によってパレスチナ自治区を寸断しつつ、二〇〇二年四月のジェニンから二〇〇八年十二月―二〇〇九年一月のガザへと、手段、規模ともにエスカレートし、ジェノサイド的様相をいよいよ深めつつある。サブラ・シャティーラの虐殺の責任が右派リクードに帰せられたのに対し、ガザの虐殺を計画し実行したのは「左派」労働党政権である。イスラエルにはもはや、現状の代案となるような政治的選択肢は幻想としてさえ存在しない。二〇一〇年四月十三日、イスラエルは軍令によって、パレスチナ自治区であるヨルダン川西岸から、イスラエルの滞在許可証を所持しない者を、パレスチナ人か否かを問わず、「潜入者」として追放する決定を下した。新たな入植地建設が進行するなかで、数万人規模のパレスチナ住民が、いまや強制移送の危険にさらされている。一九八二年のレバノン侵攻とサブラ・シャティーラの虐殺は今日、イスラエルによるこうした戦争犯罪、植民地犯罪、民族浄化政策の連鎖の起点に位置づけられ、現在進行中の侵略に対する闘いの一環として、事実の全貌の解明と責任者の処罰が求められているのである。

8　最初の公開討論

第一次インティファーダが始まって数週間後のある日、パリの社会科学高等研究院のジャック・デリダのゼミで、ジュネのパレスチナ関連の著作をめぐる二つの発表が行なわれた。発表者の一人はのちに『最後のジュネ』[14]の著者となるアドリアン・ラロッシュ、もう一人は私だった。ラロッシュは主として『恋する虜』を、私は「シャティーラの四時間」を論じた。私の発表は本書所収論文の原型に当たるもので、ラロッシュの発表にものちの著書の発想の基本は出揃っていた。それはジュネのこれらの著作が公の場で論議された初めての機会だった。その日の討論のひとこまをここで想起することにしたい。

この日、エコール・ノルマル・シュペリウールのデュサンヌ教室には、『恋する虜』に対する親イスラエル派からの最初の批判、「文字の人種差別主義――ジャン・ジュネの反シオニズムと反ユダヤ主義[15]」の著者サムエル・ブルーメンフェルトも姿を見せていた。のちに激烈な形を取る論争の遠い雷鳴が、しかしすでにはっきり聞こえていた。私の発表ののち、ブルーメンフェルトは私にではなく、デリダに問いを向けた。

「ジュネの反ユダヤ主義、いや、反西洋主義についてあなたはどう思いますか?」

彼が「反ユダヤ主義」(antisémitisme)という言葉を、一瞬言い淀んだのち、なぜ「反西洋主義」(anti-occidentalisme)と言い換えたのかは分からない。論争の磁場はまだ決定的な硬直に至っていなかったということだろうか。それとも、発表者が中東紛争とは一見縁遠いアジア系「非西洋人」だったためだろうか。デリダは答えた。

「ああ、それは不安定なものです。パレスチナ国民憲章はアラブのどの国の憲法より西洋民主主義の原則に適っています。ジュネはそれに賛成だったのです。」

このやりとりは私に複雑な印象を残した。まず、「反ユダヤ主義」が「反西洋主義」と概念のレベルで代替可能な思想の持ち主がいることを、私はこのとき初めてはっきり意識した。友人でモロッコ・ユダヤ人の両親を持つ、やはりジュネ研究者の女性にこの場面のことを伝えると、「本当? ユダヤ人は普通オリエント的と思われてるのよ。聞き間違えたんじゃないの?」という反応が返ってきた。「反ユダヤ主義」と「反西洋主義」の互換性は、当時、まだ耳新しかったのである。もうひとつ、このやりとりを思い出すたびに、私はあらためて、パレスチナ解放機構という歴史的組織との関係を捨象しては、ジュネとパレスチナの関係は語れないという事実に引き戻される。そしてそのことが、今日の批判者たちがするように、ジュネのパレスチナ加担の論理を「反西洋主義」という大雑把なカテゴリーに還元することを許さないのである。

9　ジャン・ジュネとＰＬＯ

もっとも、パレスチナ国民憲章に対するジュネの評価は、デリダのこのときの発言が思わせるよりもう少し複雑なものだった。シリア人の演出家サアドゥッラー・ワンヌースは、ある日ジュネが語ったこんな言葉を回想している。

「世俗的かつ民主的パレスチナ」なんてスローガンは不条理でまったく非現実的だ。そこには対等な権利を持つ三つの宗教共同体の存在の上に樹立された国家という考え方が含まれている。ここでいう世俗性とは、三つの宗教間の共存と相互寛容の契約を表している。それは宗教を乗り越えて科学的唯物論のうえに社会を建設しようという政治構想じゃない。世俗性というものは宗教が権力から払拭されないかぎり勝利しえない。それなのにこのスローガンじゃ、世俗国家がその世俗性を、社会は構造的に三つの宗教の合成だという原理から定義してるんだ！　そこに矛盾が、袋小路がある。こんなスローガンの出所の一つは、西洋の気に入られたいという欲求だと私は確信している。善意を見せつけ、ユダヤ教徒を海に叩き落とすつもりはございませんという証拠を差し出しているのさ。お前さんたちは相変わらず敵の土俵で相撲を取り、敵が押しつける戦略を採用している。最初はあの「歴史的権利」をめぐる不毛な議論に巻きこまれ、気が付いたときには二千年前の歴史の渦巻きのなかにいた。今度は革命の真っ只中で、パレスチナ問題を宗教的観点からしか扱わない貧困な綱領を通して未来を展望することを余儀なくされている。実際にはお前さんたちは、（その公然の基礎が宗教である一国家にユダヤ教徒／ユダヤ人を集めてくるという）イスラエルのアイデアを踏襲しているんだ。宗教的共同体としてのムスリム、キリスト教徒、ユダヤ教徒を単一国家のなかに収めるというのはその拡大版にすぎない。そんなことは不可能だ。そんなものはナンセンスだ。[16]

この言明は一見、パレスチナ国民憲章の徹底的な批判であり、激烈な「反西洋主義」の宣言に見える。[17]しかし、その論理をより仔細に検討してみると、ここに見出されるのは、近代西洋のキリスト教的世俗主義の限界を超えて、かつて起きたことのないあるラディカルな革命によって一切の宗教性を政治から除去しようとする構想であることが分かる。パレスチナ国民憲章は六条で「シオニストによる侵攻」以前にパレスチナに居住していたユダヤ教徒を「パレスチナ人」とみなし、一六条でパレスチナ解放の理念を「聖地の安全」と結びつけている。これらの条項は一面では将来のパレスチナ国家がイスラームを国教としないこと（そもそもパレスチナ人の約二〇パーセントはキリスト教徒である）、その意味で西洋近代起源の世俗主義的な国家像を含意しており、この点で王制あるいは共和制の既存のアラブ諸国と比べて「民主的」であると言える。しかし、「聖地の安全」という観念は他面では、パレスチナ国家でも三つの一神教が依然社会構成の原理であり続けることを意味する。ジュネはこの観点を拒否し、西洋の自称世俗国家もイスラエルも、実は一宗教の支配的地位の上に成立していること、パレスチナ革命はこの欺瞞を暴き、「世俗性」という観念自体をその宗教的起源から解き放たなければならないと考える。この構想は「反西洋」というより「超西洋」のベクトルを持っている。彼が幻視したパレスチナは主として離散の地で闘われる民衆的な解放運動だった。『恋する虜』で詳細に語られるように、そこに彼は、指導部の思想的限界を突破する革命的潜勢力を発見したと信じようとした。しかしそれは、第三次中東戦争の敗北ののち、ファタハを中心とするパレスチナ解放機構が、アラブ諸国家体制から相対的に自立したことによって生まれた歴史的潜勢力であり、イスラームの桎梏を断って、アラブ世界全体の革命的変革に発展するべきものだった。

ジュネの死後、インティファーダ以降のパレスチナ解放運動は二重の深刻な転位を経験する。一方において、闘争の中心が離散の地から被占領地へ移動するとともに、PLOは二国家解決案＝ミニ・パレスチナ国家構想を決定的に受け入れた。他方において、オスロ合意以後、自治政府の経済的腐敗と統治能力の乏しさが露呈するとともに、ムスリム同胞団からハマースへと体制を整えたイスラーム政治運動がガザ地区を中心に台頭した。歴史的指導者ヤセル・アラファトの死去ののち、二〇〇六年の自治政府選挙におけるファタハの敗北と欧米諸国によるハマース政権の承認拒否を決定的な転回点として、パレスチナ解放運動はかつてない分裂局面に突入する。パレスチナをめぐるジュネのテクスト群を、今日、この二重の転位との、またパレスチナ現地の、そして離散共同体の現実との関連で適切に位置づけることは容易ではない。しかしこの破局的な状況で、パレスチナの解放主体をめぐる問いは、それだけいっそう尖鋭に提起されたままである。世俗主義的なパレスチナ左派の再建という困難な作業を展望するためにも、ジュネが遺した作品は、エドワード・サイードの著作とともに、これからも尽きない着想の源泉であり続けるだろう。

10　死と戯れる老いた子供

エクリチュールはようやくそれを、この死を言うことに役立とう。書くこと——それをつかもうとするたびに思考が崩れてしまう、この極限的な現実と向き合うこと。そして事実、シャティーラの語り手は死の後を追いかけ、死を狩り出し、死を追いつめ、死と子供のように戯れる、馬跳びや双六ゲームによって、ある死体から他の死体へと導かれながら[18]。

論集『シャティーラのジュネ』の編者、演出家・翻訳家のジェローム・アンキンスのこの表現は、「シャティーラの四時間」のエクリチュールの特質を正確に言い当てている。アンキンスが続けて指摘するように、語り手がこの生々しい死を直視することができたのは、ヨルダンのパレスチナ・キャンプで過ごした日々の記憶が彼の内側から発する「光」のおかげだった。「シャティーラの四時間」と「ジャラシュとアジュルーン山中で過ごした六カ月」、この二つの凝縮された時空の間の往還が特異な遊戯の間隙を生み出して、死者たちの沈黙を抱き取り守り抜く、このテクストの比類ない力を織りなしている。眼前に横たわる客体とみなせば、この作品を死体のように切り刻み、それに勝手なことを言わせることもできる。そのような読解は虐殺の継続である。だが、どれほど執拗な攻撃が加えられようと、このテクストの力そのものは、どんな傷も負うことはないだろう。これからも、いくつもの攻撃を受けながら、このテクストは、そのようにして生き、闘い、新たな読者と出会い、出来事の、死者たちの記憶を伝えていくに違いない。

一九八〇年代、バブルに浮かれる昭和末期の日本もまた、虐殺の現場のひとつだった。日雇労働者解放運動の最前線で右翼のテロに倒れた映画『山谷《やま》──やられたらやりかえせ』の二人の監督、佐藤満夫、山岡強一の両氏と、朝日新聞阪神支局襲撃事件で亡くなった小尻知博氏に、私はこの翻訳を捧げた。後者の事件は、今日なお、未解決のままである。この社会で政治的暴力は、これらの事件と歴史的に通底しつつ、現在、また別の形で組織され、発動されようとしている。シャティーラの死者たちとともに、私たちは、この三人の死者の記憶を、いま新たにする必要があると思う。

*

最後に、本書の共訳者、梅木達郎氏のことを。彼がみずからの意志で私たちのもとを去って五年がたった。本書に再録されたジュネの対話の翻訳は、彼がフランス留学中、雑誌『GS』のジュネ特集のために手がけた仕事を元にしている。今回、校閲を担当することになり、言葉に対する氏の繊細な感性にあらためて深い感銘を受けた。そして、ジュネのパレスチナへの関与をめぐって、当時パリでかわした会話のあれこれが昨日のことのように思い出された。まだ若かった私たちのあの日々の記念としても、本書を共訳の形で出版できたことに、悲しみに浸された喜びを噛みしめている。梅木氏のすぐれたジャン・ジュネ論、『放浪文学論』から、「シャティーラの四時間」を論じた一節を引用させていただく。

死者は無言だが、ここには叫びが凝固したまま横たわっている。極度の苦痛と恐怖から生じた声は、そのあまりの意味の過剰のためにもはや意味を分節することを止め、叫びとなり、耳を聾して砕ける。耳の聞こえない画家ゴヤのタブローのように、ここでも叫びは沈黙に接近し、意味の過剰はその聞き取りを困難にしていく。だが死んだ女の呼びかけに耳を塞いではならないだろう。(19)

早尾貴紀氏にはお忙しいなかパレスチナ国民憲章の翻訳をお願いした。インスクリプトの丸山哲郎氏はこの出版を発案され、実現のために多岐にわたる努力を惜しまれなかった。同社の中村大吾氏には緻密な作業によって本書を完成に導いていただいた。訳者の一人として深い感謝を捧げる。

二〇一〇年五月十二日

（1）この作業について田浪亜央江氏のご協力を得た。記して感謝する。
（2）*Genet à Chatila*, textes réunis par Jérôme Hankins, Solin, 1992.
（3）Georges Banu, « Comme un petit buste sur double socle » in *Genet à Chatila*, *op. cit.* 〔「二重の台座に据えられた小さな胸像のように」、熊谷謙介訳、『舞台芸術』一一号、二〇〇七年〕
（4）Alain Milianti, « Le fils de la honte », *ibid.* 〔「恥辱の息子」、熊谷謙介訳、同誌〕
（5）海上宏美「私の隣にいるのは私たちだ」（『舞台芸術』一号、二〇〇二年）にこの上演の経緯が報告されている。
（6）このプロジェクトについては、前掲『舞台芸術』一一号および同誌一四号（二〇〇八年）所収の諸エッセイに詳しい。
（7）Eric Marty, « Jean Genet à Chatila », in *Les Temps modernes*, n°622, décembre 2002–janvier 2003. のちに単行本Eric Marty, *Bref séjour à Jérusalem*, Gallimard, 2003に収録。マルティはさらに*Jean Genet, post-scriptum*, Verdier, 2006を出版した。
（8）Jean-Paul Sartre, *Saint Genet—comédien et martyr*, Gallimard, 1952, p. 280. 〔『聖ジュネ——殉教と反抗』、白井浩司・平井啓之訳、新潮文庫、一九七一年、上巻、四二三頁〕
（9）Marti, « Jean Genet à Chatila », *op. cit.*, p. 64.
（10）*Ibid.*, p. 64.
（11）*Ibid.*, p. 58.
（12）Ivan Segré, *La réaction philosémite ou la trahison des clercs*, Ligne, 2009.
（13）Ilan Halévi, *Israël—de la terreur au massacre d'Etat*, Papyrus, 1984, p. 73.

（14）Hadrien Laroche, *Le dernier Genet*, Seuil, 1997.

（15）Samuel Blumenfeld, « Le racisme de la lettre—l'antisionisme et l'antisémitisme de Jean Genet », *Pardès*, n° 6, 1987.

（16）Saadalah Wannous, « Genet, Palestinien et poète » in *L'Autre journal*, 25 juin 1986.［「伝説と鏡のかなたに――ジャン・ジュネとの対話」、鵜飼哲訳、『ユリイカ』一九九二年六月号、一一七―一一八頁］

（17）七〇年代前半という時期を考えると、この発言は国民憲章そのものより、当時よく参照されていたファタハの小冊子『パレスチナ革命とユダヤ教徒』に対する批判ともみなしうる。「民主的かつ世俗的パレスチナ」という理念はここで詳説されている。Cf. El Fath, *La révolution palestinienne et les juifs*, Minuit, 1970.

（18）Jérôme Hankins, « Et mourir de lumière » in *Genet à Chatila*, *op. cit.*, pp. 10–11.

（19）梅木達郎『放浪文学論――ジャン・ジュネの余白に』、東北大学出版会、一九九七年、一七五頁。

資料

パレスチナ国民憲章　（一九六八年改訂）

第1条―　パレスチナは、アラブ・パレスチナ人の祖国であり、かつ、アラブ人の郷土から切り離しえない一部をなす。またパレスチナ人は、アラブ民族の不可欠な一員である。

第2条―　パレスチナは、イギリス委任統治下の境界線で区切られた、分割することのできない一体の領土である。

第3条―　アラブ・パレスチナ人は、自らの祖国に対する法的権利を有し、かつ、国土の解放を達成した後の自らの運命については、自らの希望にしたがい、完全に自らの合意と意思により決定する権利を有している。

第4条―　パレスチナ人のアイデンティティは、純粋、本質的、かつ固有の性格をもっており、親から子へと受け継がれていくものである。自らに降りかかった災難である、シオニストによる占領およびアラブ・パレスチナ人の離散によっても、パレスチナ人アイデンティティとパレスチナ人共同体への居住権が失われることはなく、またパレスチナ人の側がそれらを否認することもない。

第5条―　パレスチナ人とは、一九四七年までパレスチナに日常的に住んでいたアラブ人同胞のことであり、パレスチナを追放された者であれ、そこに残った者であれ、変わりはない。また一九四七年以降であっても、パレスチナ人の父のもとに生まれた者は、パレスチナの内外を問わず、やはりパレスチナ人である。

第6条―　シオニストによる侵攻が開始されるまでに、すでにパレスチナに日常的に住んでいたユダヤ人は、パレスチナ人とみなされる。

第7条―　パレスチナ人の共同体が存在するということ、および、それがパレスチナの地と物理的かつ精神的かつ歴史的に繋がっているということは、議論の余地のない事実である。一人一人のパレスチナ人をアラブ革命に沿った方法で育てることは、民族的な責務である。パレスチナ人に祖国を熟知させるために、ありとあらゆる啓発と教育の手段が、精神的かつ物理的に可能なかぎり最も深い方法で採用されなければならない。個々のパレスチナ人は、祖国を取り戻し解放するために、武装闘争に備え、自分の財産と人生を犠牲にする用意をしなければならない。

第8条―　パレスチナ人がいまこうして生き抜いているこの歴史的段階とは、パレスチナ解放のための民族的闘争の段階である。したがって、パレスチナ民族内の勢力争いは二次的なものであって、片やシオニズムおよび帝国主義勢力と、片やアラブ・パレスチナ人とのあいだに存在する根本的な闘争のために、内部対立は停止すべきである。この原則に基づいて、パレスチナの民衆は、民族的郷土に住んでいようと離散の地に住んでいようと、また組織と個人とを問わず、武装闘争によってパレスチナを取り戻し解放するために尽力する一つの民族戦線を構成する。

第9条―　武装闘争は、パレスチナを解放するための唯一の手段である。これは全般的戦略について言っているのであって、個々の場面における戦術的局面のことではない。アラブ・パレスチナ人は、自らの祖国を解放し祖国に帰還するために、武装闘争の継続と武装した人民による革命の遂行を、断固として決断する。そしてまた、パレスチナ人は、パレスチナにおいて通常の生活を営む権利およびパレスチナにおける自決権と主権を行使する権利を主張する。

第10条―　奇襲作戦がパレスチナ人民解放闘争の中心をなす。これは、さらに強化しなければならず、範囲も広げなければならない。またパレスチナ人の大衆的な力を動員し、彼らの教育に力を注ぎ、そして彼らを組織化してパレスチナの武装革命に参加させなければならない。そして、革命を継続・発展させ、勝利に導くために、パレスチナ人の分派集団を、そしてパレスチナ人と他のアラブ民衆を、民族闘争へ向けて統一しなければならない。

第11条―　パレスチナ人には三つのスローガンがある。祖国の統一、民族の動員、および解放である。

第12条―　パレスチナ人はアラブの統一を確信している。しかしながら、この目標の実現に向けて自らの役割を果たすためには、その闘争における現段階においては、パレスチナ人アイデンティティを保持し、その自覚を促し、それを消滅させたり損なおうとするいかなるもくろみにも反対しなければならない。

第13条―　アラブの統一とパレスチナの解放は、二つの相まって遂行される目標であり、一方の達成が他方の達成を促す。したがって、アラブの統一がパレスチナの解放を導き、パレスチナの解放はアラブの統一を導く。一方の目標の実現に向けての努力は、他方の目標の実現への努力を伴っている。

第14条―　アラブ民族の運命と、まさにアラブ人の存在そのものが、パレスチナの大義の運命にかかっている。この相互依存に端を発し、アラブ民族は、パレスチナ解放を追求しそれに向けて努力をする。パレスチナ人は、この神聖な目標を達成するために、前衛の役割を果たす。

第15条―　パレスチナの解放は、アラブの観点から見ると、民族的な責務であり、シオニストと帝国主義者がアラブ人の郷土を侵略するのを追い払い、パレスチナからシオニズムを一掃することを目指す。このことに対する絶対的な責任は、パレスチナのアラブ人をその前衛とするアラブ民族に、つまりアラブの諸国民と政府とにかかっている。したがってアラブ民族は、軍事的・人的・倫理的・精神的な能力すべてを動員し、パレスチナ解放にかけるパレスチナ人の活動に積極的に参加しなければならない。とりわけ武力によるパレスチナ革命の段階にあっては、アラブ民族はパレスチナ人に対し、あらゆる援助を与え、物質的・人的な支援を行なわなければならない。また、祖国を解放するまで、パレスチナ人が武力革命で指導的な役割を果たし続けられるようにするための手段および機会を与えなければならない。

第16条― パレスチナの解放は、精神的な観点から見ると、聖地に安全で平穏な雰囲気をもたらすだろう。そのことによって、人種・肌の色・言語・宗教による差別を受けることなく、その地の宗教上の聖域が保護され、礼拝の自由および訪問の自由が保障される。それゆえ、パレスチナ人は、世界中からあらゆる精神的力による支援が寄せられることを待望している。

第17条― パレスチナの解放は、人間的な観点から見ると、一人一人のパレスチナ人に尊厳と誇りと自由を取り戻すだろう。それゆえ、アラブ・パレスチナ人は、人間の尊厳と自由を信ずる世界中のあらゆる人びとからの支援を期待している。

第18条― パレスチナの解放は、国際的な観点から見ると、自衛の必要に迫られた防衛行動である。それゆえパレスチナ人は、パレスチナにおける正当な権利を回復するために、またその祖国に平和と安全を再建するために、そしてその住民が国家主権と自由を行使できるようにするために、あらゆる人びととの友好関係を望み、自由と平和を愛する諸国に支援を期待する。

第19条― 一九四七年のパレスチナ分割およびイスラエル国家の創設は完全に違法であり、その違法性は年月が経過しても変わらない。なぜなら、それらはパレスチナ人の意思に反し、また彼らの祖国における自然権に反しているからであり、さらに国連憲章に定められた諸原則、とりわけ自決権と矛盾するものであるからである。

第20条― バルフォア宣言、パレスチナ委任統治、およびそれらに基づく一切のものは、無効であるとみなされる。ユダヤ人がパレスチナと歴史的・宗教的な絆をもつという主張は、歴史的事実に反し、また国家形態を構成する真の概念にも反している。宗教としてのユダヤ教は、独自の国家としての独立を意味するものではないし、ユダヤ人は、独自のアイデンティティをもった一つの民族でもない。彼らは、それぞれが属する諸国家の市民なのである。

第21条ー　アラブ・パレスチナ人は、パレスチナの武力革命によって自らを主張するのであって、パレスチナの完全な解放に代わるいかなる解決案も拒否し、またパレスチナ問題を一掃したり国際管理に移すことをもくろむ一切の提案を拒否する。

第22条ー　シオニズムは、国際的な帝国主義に結びついた、組織化された政治運動であり、世界中のあらゆる解放運動や進歩的運動とも敵対する。シオニズムは、その本質においては、人種主義的であり狂信的であり、その目的においては、侵略的・拡張主義的・植民地主義的であり、その方法においては、ファシズム的である。イスラエルは、シオニズム運動の道具であり、アラブ民族の解放と統一と進歩への希望を打ち砕くためにアラブ人の郷土の中心部に戦略的に置かれた、世界帝国主義の地理的基盤である。イスラエルは常に、中東および全世界の平和に対する脅威の根源であり続けている。パレスチナ解放がシオニストと帝国主義者の存在を打破し、中東の平和構築に貢献するがゆえに、パレスチナ人は世界中の進歩勢力・平和勢力からの支援を期待する。また、その所属や信条にかかわらず、そうした勢力すべてが、祖国を解放する正義の闘争を行なうパレスチナ人に対して、あらゆる支持と援助を与えることを要請する。

第23条ー　安全と平和、および権利と正義の要求は、すなわち、シオニズムを非合法な運動とみなし、その存在を追放し、その活動を禁止することを、すべての国家に求めている。それは、諸国民間の友好的な関係が維持され、それぞれの祖国に対する市民の忠誠が保護されるようにするためである。

第24条ー　パレスチナ人は、正義、自由、主権、自決、人間的尊厳の諸原則、およびこれらを行使するすべての民族の権利を信じる。

第25条――本憲章の目標およびその諸原則を実現するために、パレスチナ解放機構は、同機構の綱領に則り、パレスチナの解放においてその役割を果たす。

第26条――パレスチナ革命諸勢力の代表であるパレスチナ解放機構は、パレスチナの祖国を取り戻して解放し、そこへ帰還するための闘争、そしてパレスチナにおける自決権を行使するための闘争を行なうアラブ・パレスチナ人の運動に対し、その軍事面、政治面、資金面において責任を負うとともに、アラブ世界および国際社会の次元でパレスチナ問題に必要とされるあらゆる事柄に対し責任を負う。

第27条――パレスチナ解放機構は、すべてのアラブ諸国とそれぞれの能力に応じて協力し、解放戦争の必要性という観点から、アラブ諸国間では中立の方針を採る。またパレスチナ解放機構は、この原則に基づき、いかなるアラブ国家の国内問題にも干渉しない。

第28条――アラブ・パレスチナ人は、民族革命の純粋性と独立性を主張し、いかなる形の仲介や信託統治や服従も拒絶する。

第29条――パレスチナ人は、祖国を解放し取り戻す、根源的かつ純粋な法的権利を有する。パレスチナ人は、自らの目的を達成するためにパレスチナ革命に向かって採ることとした自らの立場に基づいて、あらゆる国家や勢力に対する態度を決定する。

第30条――解放戦争における戦士および武器携行者は、アラブ・パレスチナ人の利益を守る防衛力となる人民軍の中心部分をなす。

第31条――同機構は、旗、忠誠の誓約、および歌をもつ。これらはすべて、それに応じた法規によって定められる。

第32条　本憲章に付属するものとして、パレスチナ解放機構綱領として知られる法規がある。同綱領は、同機構およびそれに属する組織や機関の構成の仕方、すなわち、本憲章のもとでそれぞれが有する権限や求められる義務を定める。

第33条　本憲章の改訂は、パレスチナ解放機構のパレスチナ民族評議会が改訂のために召集した特別議会において、全議員の三分の二以上の多数決によってのみなされる。

（早尾貴紀訳）

［訳者付記］

ここに訳出したパレスチナ国民憲章は、一九六八年に、パレスチナ解放機構（ＰＬＯ）の議決機関であるパレスチナ民族評議会（ＰＮＣ）で採択されたものである。その元となった憲章草案は一九六四年のＰＬＯ発足時に作成・採択されたが、六八年採択の本憲章には、大幅な増補改訂が加えられている。大きな違いは、第三次中東戦争（六七年）のアラブ諸国軍の大敗およびその後のパレスチナ諸勢力の拡大という当時の情勢を反映し、汎アラブ主義からパレスチナ・ナショナリズムへと軸足が移行したこと、および武装闘争を正当化する文面が随所に盛り込まれたことである。

パレスチナ・ナショナリズムについては訳語の選択にも関わる。「パレスチナ」はイスラエル建国前もそれ以降も「国家」ではないため、「国民」や「祖国」といった訳語には留保が必要だが、他方で本憲章が強いパレスチナ・ナショナリズムのもとで作成され、「来たるべきパレスチナ国家」が念頭におかれているのは明らかである。それゆえ時代背景や文脈から、「民族」「郷土」よりも「国民」「祖国」という訳語を用いた箇所が少なくない。「パレスチナ国民憲章」という日本語表記もそれで定着していると言える。他方、「パレスチナ民族評議会」は、来たるべき国家ではなく、当時および現在時での、すなわち離散パレスチナ人を含む代表機関としてのPLOの議会であるため、「民族」を用いたこの表記のほうが妥当であると思われる。

また武装闘争の文面については、のちに一九九三年のオスロ合意に際して、ヤセル・アラファト議長は、「イスラエル敵視条項」として削除する確約をさせられることとなった（九六年に評議会承認）。具体的には、第8―10条、第15条、第19―23条である。

翻訳原文は、http://www.un.int/palestine/PLO/PNAcharter.html に拠った。なお六四年草案については、全訳が浦野起央編『中東国際関係資料集1　中東紛争とイスラエル』（東通社出版部、一九七四年）に収録されており、本憲章の訳出に際しては、改訂の小さな一部の条項について参照させていただいた。

地図

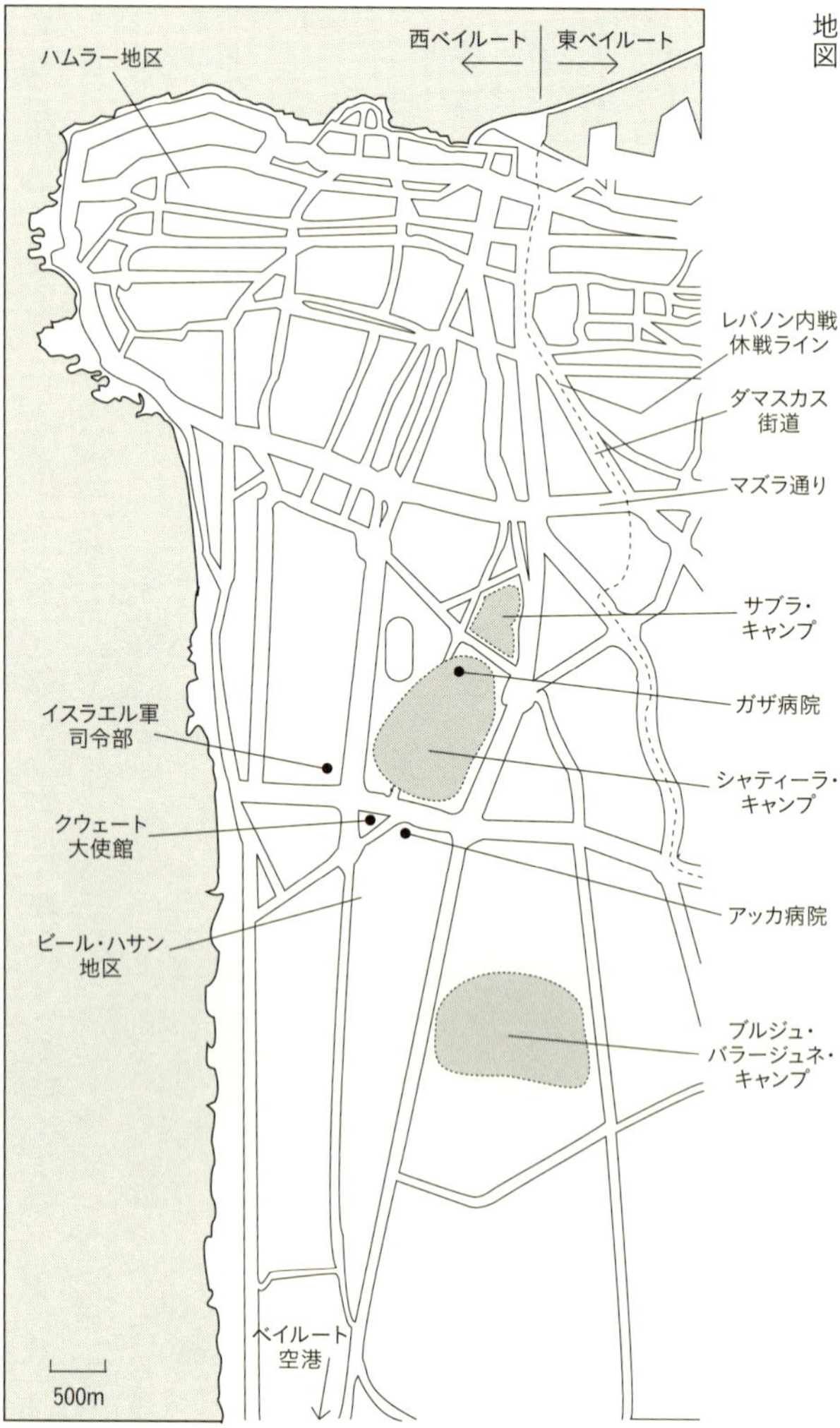

※編集部作成。右のベイルートの地図は*Sabra Chatila in Memoriam*, Sud Editions, Tunis, 1983, p. 24を参照した。

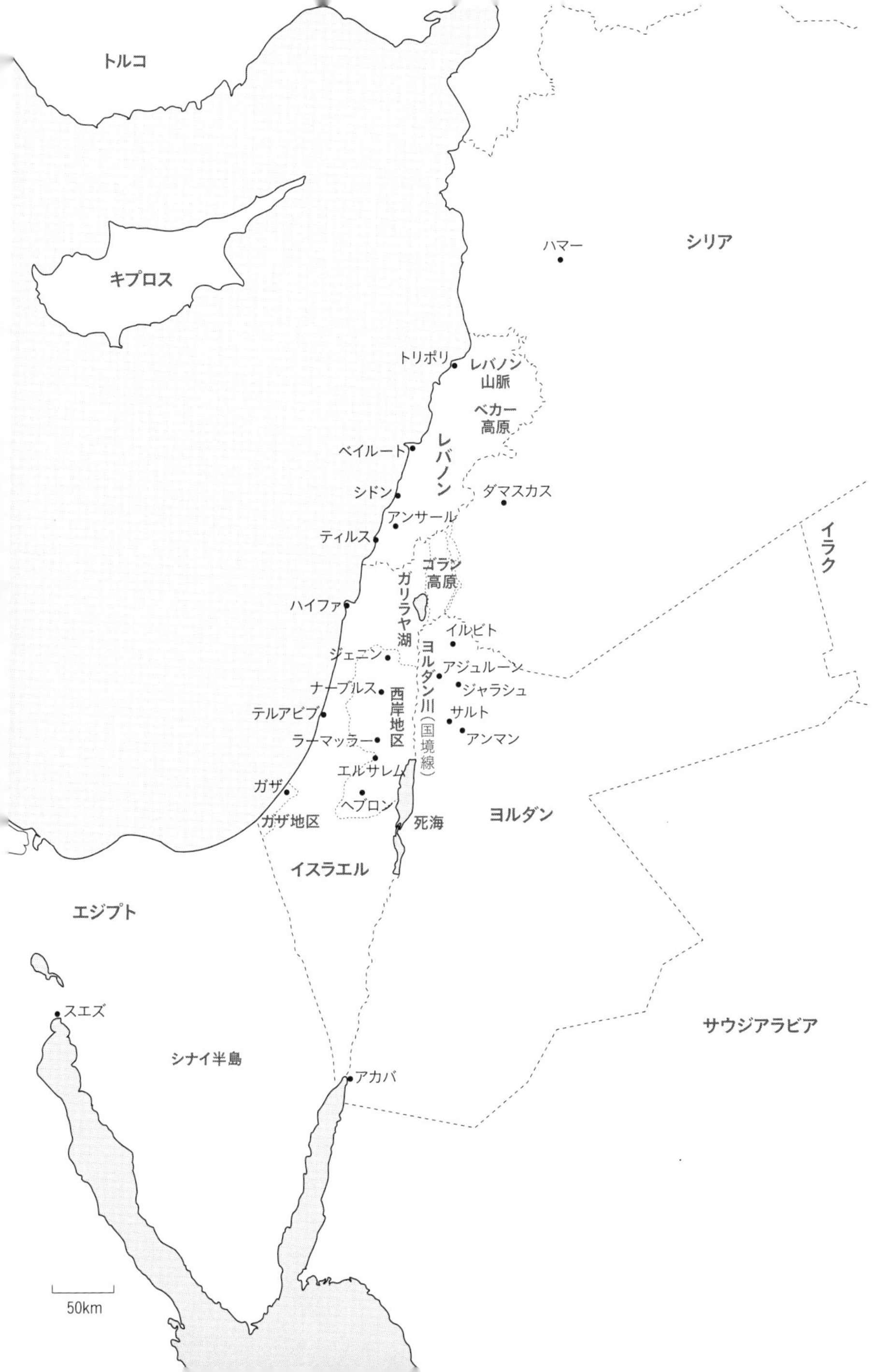
トルコ
キプロス
シリア
ハマー
トリポリ
レバノン山脈
ベカー高原
レバノン
ベイルート
シドン
ダマスカス
アンサール
ティルス
イラク
ゴラン高原
ガリラヤ湖
ハイファ
イルビト
ヨルダン川(国境線)
ジェニン
アジュルーン
ナーブルス
ジャラシュ
西岸地区
テルアビブ
サルト
ラーマッラー
アンマン
エルサレム
ガザ
ヘブロン
ヨルダン
ガザ地区
死海
イスラエル
エジプト
スエズ
サウジアラビア
シナイ半島
アカバ
50km

パレスチナ関連年表

1858年―オスマントルコ、土地法を施行。在地支配層の再編成と中央集権化進む
1860年代―ヨーロッパのキリスト教徒、ユダヤ教徒のパレスチナ入植進む
1881年―ロシアで大規模なポグロム
1882年―ビールー協会（ロシア）、最初のシオニスト移民をパレスチナに送りこむ
1884年―プロイセンでシオン愛好者運動国際会議。以降19世紀末までに約4500人移住
1894年―仏でドレフュス事件
1896年―テオドール・ヘルツル『ユダヤ人国家』出版
1897年―第一回シオニスト会議開催、ユダヤ人の民族的郷土の確保を謳うバーゼル綱領採択
1905年―ナジブ・アズーリー『アラブ民族の目覚め』出版
1908年7月23日―オスマントルコで青年トルコ人革命
1909年―アラブ・ナショナリストの結社アル・ファタート、パリで結成
1910年12月19日―ジャン・ジュネ、パリで生まれる
1911年7月28日―ジュネの母カミーユ・ジュネ、ジャンを児童養護施設救済院に遺棄
1914年―シリアで、アラブ軍人ナショナリストによるアル・アハド結成
7月28日―第一次大戦始まる

1915年7月14日―フサイン＝マクマホン往復書簡（〜16年1月30日）、英、アラブの独立を約束
1916年5月16日―英仏、オスマントルコ領アラブの分割をめぐるサイクス＝ピコ条約締結
　　6月―メッカのシャリーフ・フサイン、オスマントルコに対して砂漠の反乱
1917年11月2日―英外相のバルフォア宣言。ユダヤ人の民族的郷土樹立を支持
1918年10月30日―オスマントルコ、連合国に降伏
　　11月3日―第一次大戦終結
1920年4月7日―サン・レモ連合国最高会議、英にイラク、パレスチナの委任統治を指定。7月より委任統治始まる
　　7月24日―グーロー将軍の仏軍、シリア軍を撃破、ファイサルのアラブ王国崩壊。シリア、レバノンは仏の委任統治領となる
1921年5月1日―パレスチナで反入植者暴動
1922年7月24日―国際連盟、英のパレスチナ委任統治とユダヤ人の民族的郷土設立を承認
　　11月1日―オスマントルコ滅亡
1923年10月29日―トルコ、共和国宣言。ムスタファ・ケマル、大統領に就任
　　同年―ゼエブ・ジャボティンスキーの「鉄の壁」論文、発表される
1924年10月―ジュネ、パリ近郊のダランベール職業訓練学校に入るが出奔
1925年4月―モロッコの現地勢力、仏軍と戦闘
　　7月―シリア、ドルーズ山地の反仏反乱、拡がる
1926年9月―ジュネ、メトレ矯正訓練所に収監される

1929年3月——ジュネ、矯正訓練所を出るため、兵役志願
5月——ジュネ、アヴィニョン第七工兵隊に配置換え
8月——エルサレムでシオニスト強硬派とアラブ・パレスチナ農民の衝突による西の壁事件
10月——ジュネ、伍長に昇進、レヴァント軍所属の第三三海外歩兵大隊への転属を願い出る
1930年2月——ジュネ、ベイルート到着。年末までダマスカスに駐留
同年——マパイ（後のイスラエル労働党）成立
1931年——ジュネ、フランスに戻り除隊。6月、二度目の入隊手続きを行ない、モロッコのメクネスに駐留。グードー将軍の秘書勤務となる
1933年1月30日——ヒトラー、政権掌握
2月——ジュネ、フランスに帰還
8月——ドイツ在住ユダヤ人のパレスチナ移民を促進するハアヴァラ協定、ナチスとシオニストの間で成立
1934年4月——ジュネ、再び兵役を志願。アルジェリア歩兵部隊配属
1935年10月——ジュネ、モロッコ植民地歩兵連隊配属
11月——パレスチナ統一戦線による英への11月要求
1936年——11月要求に端を発したパレスチナ・アラブの反乱（〜39年）
6月——ジュネ、軍隊を脱走
1937年7月7日——ユダヤ移民を制限するピール報告書のパレスチナ三分割案
1938年11月8日——水晶の夜

1939年5月17日—パレスチナのユダヤ人人口比を抑えるマルコム・マクドナルドの白書
9月1日—第二次大戦始まる
1942年5月—米シオニストによるビルトモア会議、ユダヤ国家建設を運動目標とする
7月—ワルシャワゲットーでのユダヤ人虐殺始まる
1945年8月15日—第二次大戦終結
1946年10月4日—トルーマン米大統領、ヨム・キプール声明でユダヤ人国家独立への支持表明
同年—シリア、レバノンが仏英から独立
1947年11月29日—国連総会、パレスチナ分割決議（決議第一八一号）採択。米ソとも賛成する
1948年4月9日—イスラエルの地下軍事組織、メナヘム・ベギンを司令官とするイルグン・ツヴァイ・レウミと、レヒによるデイル・ヤシンのアラブ村民虐殺
5月14日—イギリス委任統治終了。ベン・グリオン、イスラエル独立宣言＝ナクバ
5月15日—第一次中東戦争勃発（〜49年7月）
9月—ガザ地区で全パレスチナ・アラブ政府樹立宣言（〜52年に消滅）
12月1日—トランス・ヨルダン、西岸を併合し、ハーシム王家のヨルダン王国成立
12月11日—難民の帰還を求める国連決議第一九四号採択
1949年—イスラエルとアラブ諸国の休戦協定により、イスラエルがパレスチナの77％を支配。グリーンライン（軍事休戦ライン）が事実上の国境となる
—パレスチナ人の難民70万人余が国連パレスチナ難民救済事業機関（ＵＮＲＷＡ）の難民キャンプ等へ

5月11日―国連総会決議第二七三号でイスラエルの国連加入承認
1950年代前半―パレスチナ人の越境ゲリラ活動（フェダイーンによる攻撃）始まる
1950年4月―ヨルダン王国の併合法によりヨルダン川両岸のパレスチナ人約90万人に市民権
1951年頃―アラブ・ナショナリズム運動（ANM）設立
1952年7月―ナセルら自由将校団のエジプト革命により王制打倒
1955年2月28日―イスラエル、ガザ地区のエジプト正規軍を攻撃。エジプト、フェダイーン支持に転じる
1956年―ヤセル・アラファトらパレスチナ解放運動（ファタハ）結成
7月26日―ナセル、スエズ運河国有化宣言
10月21日―ヨルダン下院選挙でアラブ・ナショナリストが勝利、政権獲得
10月29日―第二次中東戦争勃発。イスラエル、フェダイーン掃討を名目にエジプト攻撃開始（〜11月6日）
10月29日―コフル・カーセム村虐殺事件
1957年―ヨルダン国王フセイン、親欧米へ政策転換。政権と対立し、パレスチナ人を含むナショナリストを投獄
3月―イスラエル軍、シナイ半島から撤退
1958年2月14日―イラクとヨルダンの両王国、アラブ連邦を結成
2月22日―エジプトとシリア統合、アラブ連合共和国成立
7月14日―イラク、自由将校団による共和革命で王制打倒。アラブ連邦消滅
1961年9月28日―シリアでクーデタ、アラブ連合より離脱

1962年7月1日―アルジェリア独立決定
1964年
5月―パレスチナ国民憲章（第一次）制定
―エルサレムでパレスチナ解放機構（PLO）、パレスチナ解放軍（PLA）設立
1965年1月―ファタハ、武装闘争開始。イスラエルへのゲリラ攻撃頻繁に行なわれる
1966年
―ANMとPLAが武装組織・帰還の英雄結成
11月―エジプト＝シリア共同防衛条約締結
11月13日―イスラエル軍、西岸地区のサム村襲撃、ヨルダン兵に死者
1967年6月5日―第三次中東戦争（六日戦争、六月戦争）勃発
8月〜―パレスチナのゲリラ活動再開。西岸地区のゲリラ組織は掃討され、東岸から越境攻撃を行なう
10月22日―国連安保理決議第二四二号で、第三次中東戦争戦後処理案提案
12月―ジュネ、極東に長期旅行。日本に滞在
1968年3月21日―アル・カマーラの戦い。アラファトとPLA、イスラエル軍に抗戦
7月―改訂パレスチナ国民憲章成立
7月23日―パレスチナ解放人民戦線（PFLP）、エル・アル航空機をハイジャック
―ジュネ、パリのPLO代表と接触
1969年
2月―第五回パレスチナ民族評議会（PNC）でアラファトがPLO議長となる
11月―PLO、レバノンとの間でゲリラ活動に関してカイロ協定締結。レバノン、難民キャンプでの自治、一定条件下でのゲリラ活動を承認

1970年3月　―ジュネ、ブラックパンサーの要請により、米国へ赴き、各地で講演（〜5月）
6月　―PLOとハーシム王家のヨルダンとの内戦、本格化（〜9月）
7月　―エジプト、イスラエル、ヨルダン、米のロジャーズ・プランBを受け入れ停戦
9月17日―ヨルダンのフセイン国王軍、パレスチナ・ゲリラを総攻撃する（黒い九月事件）
9月27日―ヨルダンとパレスチナ、停戦成立
9月28日―ヨルダン停戦を成立させたナセル急死
秋　―黒い九月事件後、PLO、本部をアンマンからベイルートに移転
10月　―ジュネ、パリのPLO代表、マフムード・アル・ハムカリの提案を受け、ヨルダンに。黒い九月事件の推移を追い、爆撃後のアンマンに赴く。パレスチナ・キャンプを訪ね、半年以上フェダイーンに同行し、ヨルダンに留まる
11月　―ジュネ、アラファトと会う。パレスチナの悲劇について書くことを要請される
1971年4月　―フェダイーン、アンマンを撤退
7月　―ヨルダンのパレスチナ・ゲリラ最後の拠点、アジュルーン陥落。ヨルダンのPLO組織壊滅
8月　―ジュネの「パレスチナ人たち」、写真雑誌『ズーム』に掲載
9月　―ジュネ、中東への二回目の旅。ベイルート、ダマスカス、アンマンを訪れる
1972年4月　―ジュネ、ローマでPLOのイタリア代表ワーイル・ズワイタルに会う
5月　―ジュネ、中東への三回目の旅。パレスチナ・キャンプを訪れ、8月末まで滞在
9月5日―ミュンヘン・オリンピックで、パレスチナ・ゲリラ黒い九月がイスラエル選手村を襲撃

10月　—ワーイル・ズワイタル殺害される
11月　—ジュネ、再びアンマンへ。監視に気づきただちにヨルダンを出国
12月　—マフムード・アル・ハムカリ、パリで爆弾により負傷、一カ月後に死去
1973年3月　—ハルトゥームのサウジアラビア大使館占拠事件
7月　—イスラエルに右派政党リクード成立
8月　—パレスチナ国民戦線（PNF）、活動開始
10月6日—第四次中東戦争、勃発
10月17日—アラブ石油輸出国機構（OAPEC）、「パレスチナ人の正統な権利が回復されるまで」原油生産の段階的削減の方針発表、オイルショック起こる
10月22日—国連安保理、停戦決議第三三八号採択
10月25日—第四次中東戦争、全戦線で停戦
11月22日—パレスチナ人の権利を認める国連総会決議第三二三六号採択
11月22日—日本政府、二階堂官房長官談話により「国連憲章に基づくパレスチナ人の正当な権利の承認と尊重」を求める
1974年6月8日—第12回パレスチナ民族評議会で、パレスチナの部分解放路線（西岸、ガザ地区）を政治綱領として採択。現実路線への変更
11月13日—アラファト、国連総会で演説
11月22日—国連総会、PLOにオブザーバーの地位を与える
1975年4月13日—パレスチナ人のバス、ファランジスト民兵に攻撃される。イスラーム・パレスチナ連合

のレバノン国民運動とファランジスト主導のマロン派民兵・レバノン軍団の武力闘争次第に拡大。レバノン内戦始まる

１９７６年６月―シリア軍に支援されたレバノン右派によるベイルート郊外タッル・ザータル難民キャンプ虐殺事件（黒い六月事件）

６月―シリア軍、ベカー高原を占拠（～２００５年5月）

１９７７年～―リクード、西岸・ガザ地区の土地接収と入植地建設を加速

１９７７年６月―イスラエルでリクード政権成立。メナヘム・ベギン、首相となる（～83年9月）

11月20日―エジプト大統領サダト、エルサレムを訪問し、クネセットで演説

１９７８年３月11日―ファタハのゲリラによるイスラエル上陸奇襲作戦

３月14日―イスラエル、大規模地上部隊をレバノン南部に侵攻させる（リーターニー作戦）

７月―ハッダード少佐の南レバノン軍（ＳＬＡ）、イスラエル北部国境線に駐留

７月―イスラエル＝エジプト単独講和

９月17日―サダト、ベギン、カーターによるキャンプ・デーヴィッド合意

１９７９年―パレスチナ占領地に、抵抗運動資金調達のためのスムード基金設立（81年イスラエルによって非合法化）

７月６日―アラファト、ヴィリー・ブラント、ブルノ・クライスキーらのウィーン会談

同年―西欧諸国、相次いでＰＬＯを正式承認（～80年）

１９８０年６月13日―ＥＣ首脳による、中東紛争の解決にＰＬＯの関与が不可欠とのヴェネツィア宣言

１９８０年代前半―ベギン政権の鉄拳政策強まる

1981年1月21日―米、レーガン政権誕生
4月―レバノン内戦拡大
7月17日―イスラエル軍によるベイルート空爆
8月6日―サウジアラビア国王、中東和平のためのファハド提案
10月―イスラエル、パレスチナ占領地に民政局を設置
1982年1月12日―ベギン内閣の国防相アリエル・シャロン、レバノンでバシール・ジュマイエルと会談
6月3日―反PLOのアブー・ニダール派パレスチナ人によるイスラエル駐英大使暗殺未遂事件
6月5日―イスラエル、西ベイルートのPLO拠点を空爆
6月6日―イスラエル軍によるレバノン総攻撃。レバノン戦争（第五次中東戦争）始まる
6月―イスラエル軍の撤退を要求する国連安保理決議に、米拒否権発動
6月13日―シリア、イスラエルと停戦協定。イスラエル軍、東ベイルートに進軍、西ベイルート包囲作戦始まる
6月14日―シドンの難民キャンプ、アイン・イルク全滅
8月18日―米のハビブ特使による調停成立
8月21日―米仏伊三国の兵力引き離し軍、ベイルート進駐
8月21日―ベイルートのPLO部隊、撤収開始。PLO本部チュニスに移転
8月23日―バシール・ジュマイエル、レバノン大統領に
9月1日―米、PLO排除を前提とする中東和平レーガン提案発表
9月6日―ファハド提案を継承し、PLOの役割を明記するアラブ首脳会議による統一和平案、フ

ェズ・プラン発表

9月10日—ベイルートの米軍、予告なしに撤退

9月12日—ジュネ、ライラ・シャヒードとレバノンに赴き、ダマスカスを経て、ベイルートに到着

9月13日—仏伊軍の撤退完了

9月14日—ベイルートのファランジスト党本部爆破、バシール・ジュマイエル暗殺される

9月16日—サブラ、シャティーラの虐殺（〜18日）

9月19日—ジュネ、シャティーラの虐殺現場に入る

9月22日—ジュネ、パリに戻り、10月の一カ月、「シャティーラの四時間」を執筆

9月27日—イスラエル軍、ベイルートを撤退

9月末—イスラエルの平和団体による虐殺抗議デモ

1983年1月—「シャティーラの四時間」が『パレスチナ研究誌』六号に掲載される

1月—ファタハ内部で反執行部派の反乱

2月8日—イスラエルでカハネ委員会によるサブラ、シャティーラ虐殺事件調査報告書発表、シャロンの国防相辞任を勧告

6月—ジュネ、モロッコで『恋する虜』の執筆を始める

11月—アラファト、トリポリに撤退。ファタハ内反乱派とシリア軍に包囲される

12月—国連による停戦協定。アラファトとPLO主流派部隊、海路撤退

12月—ジュネ、ライラ・シャヒードとウィーンに赴き、シャティーラ事件をめぐるリュディガー・ヴィッシェンバルトとの対話を受け入れる

12月20日―アラファト、トリポリを撤退
1984年3月23日―ジュネのウィーンでの対話の抜粋が独紙『ディー・ツァイト』に載る
10月16日―ジュネの『ディー・ツァイト』掲載の対話『リベラシオン』に載る
1985年2月11日―PLO、フセイン・ヨルダン国王とアンマン合意
5月―レバノンのシーア派アマルの民兵、サブラ、シャティーラ、ブルジュ・バラージュネ難民キャンプに突入。以降、アマル民兵とPLOによるキャンプ戦争長期化（～88年）
11月―ジュネ、『恋する虜』を脱稿、ガリマール社に原稿を渡す
1986年2月19日―ヨルダン国王フセイン、アンマン合意を破棄
4月15日―ジュネ、パリのホテルで死去
5月―ジュネの『恋する虜』刊行
秋―ジュネのウィーンでの対話の全文が『パレスチナ研究誌』二一号に掲載される
1987年12月―ガザ地区からインティファーダ始まる。西岸地区に拡大
1988年1月―民族蜂起統一司令部（UNC）、成立
2月―イスラーム抵抗運動（ハマース）、結成
4月16日―PLO幹部アブー・ジハード暗殺される
7月31日―ヨルダン国王フセイン、西岸地区との法的・行政的断絶を発表
11月15日―第19回パレスチナ民族評議会で、パレスチナ国家独立宣言、イスラエルとの共存を明確化
12月13日―アラファト、ジュネーヴでの国連総会で演説、イスラエルとの交渉を呼びかける

1989年11月10日―ベルリンの壁崩壊、東西ドイツ国境開放される
1990年8月2日―イラク、クウェートに侵攻
8月12日―イラクのサダム・フセイン、イラクのクウェート撤退とイスラエルの西岸・ガザ地区撤退を結びつけるリンケージ論を唱える
同年後半―PLOのイラク寄り立場に対して、サウジアラビア、クウェートなど産油諸国、PLOへの資金援助を停止
同年―PLOの手詰まりとハマースの勢力伸長が見られる。アラファト、イスラエルの安全保障、PLOによる暴力の放棄、パレスチナ国民憲章の修正を認める（～93年）
1991年1月17日―湾岸戦争始まる
9月―「シャティーラの四時間」を含むジュネ全集第六巻『公然たる敵』、ガリマール社より刊行される
10月30日―マドリード国際会議で中東和平の新ラウンド始まる
12月―ワシントンで、中東和平二国間交渉始まる
12月25日―ゴルバチョフ、ソ連大統領辞任、ソ連消滅
1992年6月13日―イスラエルで労働党主導の連立内閣発足、イツハク・ラビン首班となる
1993年1月―米、クリントン政権成立
9月13日―暫定自治政府編成に関する原則の宣言（オスロ合意）、ホワイトハウスで調印
1994年2月25日―アメリカ・ユダヤ人の医師で入植者のバルーフ・ゴールドスタイン、ヘブロンのモスクで銃を乱射、礼拝中のパレスチナ人二十九名死亡（ヘブロンの虐殺）

4月　―ハマース、アフラでバス攻撃
5月4日―ガザ地区とエリコ地区に関するイスラエル＝PLO協定（カイロ協定）調印、パレスチナ人による暫定自治始まる
7月1日―アラファトを長とするパレスチナ暫定自治政府、ガザで発足
1995年1月　―イスラーム聖戦機構、エルサレムで自爆攻撃
9月28日―西岸とガザ地区に関するイスラエル＝パレスチナ暫定協定（オスロII）合意
11月4日―ラビン、ユダヤ人青年に暗殺される
1996年1月20日―パレスチナ暫定自治政府大統領選挙でアラファト当選、パレスチナ評議会選挙でファタハが議席多数獲得
4月24日―パレスチナ民族評議会、パレスチナ国民憲章修正を承認
5月29日―イスラエル、選挙で労働党敗北、6月右派のビンヤミン・ネタニヤフによる政権成立
9月24日―エルサレム旧市でイスラエルとパレスチナの銃撃戦、死亡者多数
1997年1月15日―アラファトとネタニヤフ、ヘブロン市街の統治区域を画定し、テロ組織の解体を盛り込んだヘブロン議定書調印
1998年10月23日―アラファトとネタニヤフ、クリントンの仲介により、ヘブロン議定書の具体化を進めるワイ・リヴァー議定書調印
12月14日―クリントンを来賓に、パレスチナ民族評議会でパレスチナ国民憲章修正承認される
1999年7月6日―イスラエルで、労働党政権成立。エフード・バラク、首相となる
9月5日―ワイ・リヴァー議定書を補完するシャルム・アッシャイク議定書（ワイII）調印

2000年7月11日―クリントン、アラファト、バラクによるキャンプ・デーヴィッド会談、不調に終わる
9月28日―シャロン、エルサレムのイスラームの聖域、ハラム・アッシャリーフを強行訪問
9月30日―東エルサレムから第二次インティファーダ始まる
10月―イスラエル軍、パレスチナ空爆を開始
2001年1月20日―米で、ジョージ・W・ブッシュ大統領就任
1月21日―エジプトのタバで、パレスチナ・イスラエル集中交渉始まる
2月6日―リクード党首シャロン、首相選挙に勝利、3月シャロン政権発足
5月～―イスラエルによる空爆、暗殺、地上侵攻、パレスチナ側の自爆攻撃激化
9月11日―米で同時多発テロ
10月17日―シャロン、テロリストとの全面戦争を宣言
2002年3月28日―イスラエル軍ラーマッラー攻撃、アラファトを監禁
3月29日―イスラエル、防衛の盾作戦発動、エリコ地区を除く西岸地区を再占領
4月―西岸ジェニン難民キャンプで虐殺が行なわれる
6月―エルサレムで、パレスチナ人を隔離する分離壁第一期工事始まる
10月―米、EU、ロシア、アナン国連事務総長による和平へのロードマップ策定
2003年1月―リクード、選挙で大勝。第二次シャロン内閣成立
2004年5月―イスラエル軍、ガザ地区へ大規模攻撃
7月―国際司法裁判所、分離壁を違法と認定、撤去を求める勧告を行なう
11月11日―アラファト死去

２００６年１月４日―シャロン倒れる。オルメルトが首相代行に
３月―ハマース、選挙で圧勝し、政権を握る
２００７年６月―ハマース、ガザ地区を武力占拠、ファタハとの連立内閣崩壊
２００８年12月―イスラエル、ガザ地区へ集中攻撃（～09年１月）
２０１０年４月―イスラエル、ヨルダン川西岸での滞在許可証非所持者の追放を決定
５月―パレスチナ自治政府、米仲介による間接和平交渉再開を決定
５月31日―イスラエル軍、ガザの封鎖解除を求め救援物資を届けようとした「ガザ自由船団」を公海上で拿捕、平和活動家少なくとも九名を射殺

※この年表は主として以下の文献を参照し編集部が作成した。奈良本英佑『パレスチナの歴史』（明石書店、二〇〇五年）、エドマンド・ホワイト『ジュネ伝』（上下巻、鵜飼哲・根岸徹郎・荒木敦訳、河出書房新社、二〇〇三年）。ジュネに関する項目をゴチックにしてある。

ジャン・ジュネ（Jean Genet）｜1910年12月19日、パリに生まれる。父は不詳。翌年、母によって児童養護施設救済院に遺棄される。幼少期から窃盗を繰り返し、29年、収監されていたメトレ矯正訓練所を出るために18歳で兵役志願、中東、マグリブ方面に駐屯する。36年、軍隊を脱走、その後も微罪をくり返しながら、獄中で『死刑囚』『花のノートルダム』『薔薇の奇蹟』を書く。48年、終身禁固刑となるところを、コクトー、サルトルらの請願によって大統領特赦を得る。40年代は小説（上記のほかに『葬儀』『ブレストの乱暴者』『泥棒日記』）と詩、50年代後半から60年代にかけては主に戯曲（『バルコン』『黒んぼたち』『屏風』）と芸術論（『アルベルト・ジャコメッティのアトリエ』）を発表。60年代終わりから逝去するまでは政治問題への関わりを深め、アメリカのブラックパンサーを支援し、パレスチナ・ゲリラと交わる。85年、『屏風』以来四半世紀ぶりの著作となる『恋する虜』を書きあげるも、刊行前月の86年4月15日にパリで死去。20世紀フランスを代表する二人の哲学者が大部のジュネ論を著している（サルトル『聖ジュネ』［1952年］、デリダ『弔鐘』［1974年］）。日本語訳に、『ジャン・ジュネ全集』（全4巻、新潮社、1967―68年）のほか、文庫版多数。歿後の翻訳に、『恋する虜』（鵜飼哲・海老坂武訳、人文書院、1994年）、『アルベルト・ジャコメッティのアトリエ』（鵜飼哲編訳、現代企画室、1999年）、『花のノートルダム』（鈴木創士訳、河出文庫、2008年）、同書（中条省平訳、光文社古典新訳文庫、2010年）、『女中たち／バルコン』（渡辺守章訳、岩波文庫、2010年）、『公然たる敵』（鵜飼哲・梅木達郎・根岸徹郎・岑村傑訳、月曜社、2011年）、『判決』（宇野邦一訳、みすず書房、2012年）、『薔薇の奇跡』（宇野邦一訳、光文社古典新訳文庫、2016年）など。

鵜飼哲（Ukai, Satoshi）｜1955年―。フランス文学・思想。一橋大学名誉教授。著書に、『抵抗への招待』（1997年）、『ジャッキー・デリダの墓』（2014年）、『いくつもの砂漠、いくつもの夜：災厄の時代の喪と批評』（2023年。以上みすず書房）、『償いのアルケオロジー』（河出書房新社、1997年）、『応答する力：来るべき言葉たちへ』（青土社、2003年）、『主権のかなたで』（岩波書店、2008年）、『テロルはどこから到来したか：その政治的主体と思想』『まつろわぬ者たちの祭り：日本型祝賀資本主義批判』（ともにインパクト出版会、2020年）、『動物のまなざしのもとで：種と文化の境界を問い直す』（編著、勁草書房、2022年）。訳書に、ジュネ『恋する虜』（上掲）、同『アルベルト・ジャコメッティのアトリエ』（上掲）、デリダ『他の岬』（共訳、1993年）、同『盲者の記憶：自画像およびその他の廃墟』（1998年）、同『友愛のポリティックス』（共訳、2003年）、同『ならず者たち』（共訳、2009年。以上みすず書房）、同『動物を追う、ゆえに私は（動物で）ある』（筑摩書房、2014年）、同『弔鐘』（インスクリプト、近刊）、ルナン他『国民とは何か』（共訳、インスクリプト、1998年）、ホワイト『ジュネ伝』（共訳、河出書房新社、2003年）ほか。

梅木達郎（Umeki, Tatsuro）｜1957年―2005年。フランス現代文学・現代思想。著書に、『放浪文学論：ジャン・ジュネの余白に』（東北大学出版会、1997年）、『脱構築と公共性』（松籟社、2002年）、『支配なき公共性：デリダ・灰・複数性』（洛北出版、2005年）、『サルトル：失われた直接性をもとめて』（日本放送出版協会、2006年）。訳書に、ドゥギー他『崇高とは何か』（法政大学出版局、1999年）、ドゥギー『尽き果てることなきものへ：喪をめぐる省察』（松籟社、2000年）、セリーヌ『ノルマンス：またの日の夢物語II』（国書刊行会、2002年）、デリダ『火ここになき灰』（松籟社、2003年）。

シャティーラの四時間

2010年6月25日　初版第1刷発行
2023年6月20日　初版第2刷発行

著者　ジャン・ジュネ
訳者　鵜飼哲・梅木達郎
装幀　間村俊一
写真　港千尋
発行者　丸山哲郎
発行所　株式会社 インスクリプト
〒102-0074 東京都千代田区九段南2丁目2-8
tel 050-3044-8255　fax 042-657-8123
info@inscript.co.jp　http://www.inscript.co.jp/
印刷・製本　株式会社 厚徳社

ISBN978-4-900997-29-5　Printed in Japan　© 2010 Satoshi Ukai & Mizue Umeki
落丁・乱丁本はお取り替えいたします。定価はカバー・帯に表示してあります。

既刊書より

嘘つきジュネ

タハール・ベン・ジェルーン 著
岑村傑 訳

『恋する虜』を書き継ぐジュネの間近に、また距離をおきつつ併走した、ゴンクール賞作家ベン・ジェルーンによる味わい深い回想録。エドマンド・ホワイト『ジュネ伝』を補完する貴重な証言を含む。憤り、挑発し、消沈し、沈黙するジュネの声、幾多の人物像を点綴しながら描かれる、ジュネ最晩年の時間。

本体2,800円｜四六判上製286頁｜ISBN978-4-900997-69-1

霊と女たち

杉浦勉 著

スペイン異端審問時代の神秘体験から20世紀メキシコ／アメリカ国境の民衆信仰まで、霊的な経験のなかで生と世界とをつなぐ知を紡いでいた女性たち。幻視する彼女たちの語りを、バタイユ、ラカン、イリガライ、フーコーらの所論、そしてチカーナ・フェミニズムの言説／実践と読み合わせながら、霊性とセクシュアリティとポリティクスとを切り結ばせる。

本体3,200円｜四六判上製288頁｜ISBN978-4-900997-24-0

［価格は税別］